오늘도
잘 잤으면 하는
너에게

오늘도
잘 잤으면 하는
너에게

고단한 하루 끝,
숙면 기원 에세이

미내플 지음

프롤로그

오늘 밤은 일단 자기로 했습니다

처음 무기력증이 나를 찾아온 건 열여덟 살 때의 일이었다. 모두가 나를 보고 '꽃다운 나이다', '한참 꿈 많을 나이다', '참 좋을 때다' 이야기할 때 제대로 타올라 본 적도 없던 나의 불씨는 그대로 사그라들 위기였던 거다! 그때부터 무기력증과 번아웃은 내 삶의 일부가 되었다. 세상이 무채색으로 보이기 시작했고 감정에 무뎌졌다. 집중력과 기억력이 모두 안 좋아지면서 혼자 멍때리는 시간도 길어졌다. 내가 마치 생기 없는 로봇처럼 느껴졌다. 착한 딸이자 성실한 학생이던 나에게 왜 이런 일이 일어났는지 도무지 이해할 수 없었다.

각기 다른 이유로 잠이 오지 않는 날들도 많아졌다. 어느 날은 미처 끝내지 못한 공부에 대한 걱정으로, 어느 날은 날 싫어하는 것 같은 친구 때문에, 또 어느 날은 무엇 하나 제대로 해내지 못하는 나에 대한 자책으로. 밤도 생각도 길어졌고, 삶은 점점 더 힘겨워졌다.

그러나 무기력증에 시달리는 사람이라고 해서 매 순간을 이렇게 우울하게 보내는 것은 아니다. 나는 여느 평범한 여고생처럼 친구들과 수다 떨다 박장대소하기도 하고, 재미있는 드라마나 영화를 볼 때는 전에 없던 집중력을 발휘하기도 했다. 맛있는 배달 음식이나 택배를 기다리면서는 심장도 쿵쾅댔다. 그리고 때때로 내 안에서는 내 일을 잘 해내고, 어제보다 나은 오늘을 살고 싶은 의지도 샘솟았다. 그런 나의 모습만 봐온 주변 사람들은 그래서 나의 무기력증과 번아웃, 잦은 체력 방전과 약한

멘탈을 알아채지 못했다.

2018년, 자기계발 유튜브 채널 「미내플」을 시작한 것도 그런 '나' 덕분이었다. 의욕이 샘솟던 때의 나는 호기롭게 1년 안에 구독자 10만 명을 목표로 영상을 만들어 업로드하기 시작했다. 고민 상담만큼은 자신 있었기 때문에 콘텐츠를 만드는 내내 나름의 재미를 느끼기 시작했다. 그래서였을까. 나는 1년 만에 목표치에 아주 근접한 9만 명의 구독자를 모으는 데 성공했다. 무기력증이 나를 덮친 이후 오랜만의 성취감이었다.

"따끔한 충고에 힘내보려고요!"

"오늘 영상도 너무 공감되네요. 미내플님 같은 언니 있으면 좋겠어요."

"가볍지만 결코 가볍지만은 않은 내용이네요… 진짜 인생 2회차 아니신가요?"

구독자들의 애정 어린 응원과 감사 인사도 하나

둘 보이기 시작했다. 그렇게 그때의 나는 (오만하게도) 내가 드디어 무기력증의 늪에서 벗어났다고 생각했다. 그리고 (다시 오만하게도) 무기력증이 발생하는 심리적 원인과 증상까지도 거의 다 파악했다고 생각했다. 실제로 무기력증에 관한 다양한 영상을 만들고 구독자들과 소통하며 상담을 해주기도 했으니까. 나와의 상담 후 실제로 상황이 많이 나아졌다는 이들의 후기도 여럿 들었으니까! 어쩌면 당연한 수순이었다.

그러나 무기력증은 그 이후로도 나를 시시때때로 찾아왔다. 어찌 보면 전보다 더 괴로웠다. 내 삶을 영영 돌이킬 수 없다고 느껴서 암담할 때도 있었다. 삶을 포기하고 싶다는 사연을 읽을 때마다 그 마음이 너무나 공감돼 뭐라 조언을 해줘야 할지 머뭇거렸는데, 그러다 문득 이런 생각이 들었다.

"하고 싶은 일, 그냥 다 해보자. 어차피 지금 당장 죽어도 상관없다면 울적할 게 뭐야. 슬플 게 뭐야!"

지금 당장 죽어도 상관없을 만큼 괴롭다는 어느 사연자의 이야기를 듣고 조언해 주고 싶었던 내용이 내게도 딱 알맞은 이야기였던 셈이다. 죽음이 두렵지 않은데 무기력증, 번아웃, 체력 방전, 관계 단절쯤이야 우스웠다. 이렇게 생각하니 밤에 잠도 잘 오고 밥도 잘 넘어갔다. SNS에서나 볼 법한 화려한 삶을 부러워하지 않게 되었고, **'내 삶도 이만하면 살 만하지 않은가?' 하는 생각도 들었다.**

맞다. 우리는 여전히 고단한 하루하루를 보내며 이런저런 걱정 근심에 잠 못 이룬다. 나 역시 여전히 뜬눈으로 지새우는 밤이 있다. 그러나 팩폭(팩트 폭격)을 하나 해보자면 걱정한다고 달라지는 것도 별로 없다. 그럴 때 차라리 이렇게 생각해 보면 어떨까.

'내일의 나를 믿고, 오늘은 이만 발 뻗고 자련다!'

밤새워 걱정을 해결할 게 아니라면 오늘은 일단

자고 내일 생각해 보자. 회피하고 도망치라는 말이 아니다. 다 끝난 하루에 미련을 두는 대신 설레는 내일에 집중해 보라는 말이다. 물론 모순적이게도 이 책은 그렇게 잠 못 이루던 내 밤들의 기록이다. 어느 유명한 가수의 말처럼 '사랑하는 누군가의 숙면을 빌어주는 마음'으로 이 글을 썼다. 그저 솔직한 내 이야기를 풀어내 밤잠 설치는 누군가를 응원하고 싶었다. 그래서 프롤로그에는 꼭 이렇게 적고 싶었다.

폭 자고 일어나면 뭐든 다시 시작할 수 있을 거야!

2024년 어느 봄날

미내플

차례

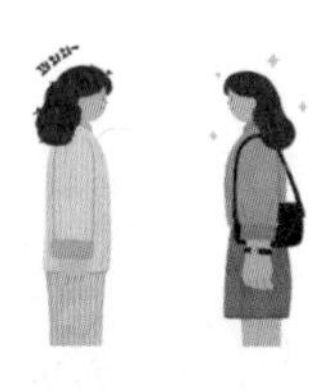

2장 나를 괴롭혔던 건 너일까? 나일까?

인생을 스치는 조연들에 흔들리는 너에게

3장 일단 자고 내일 생각해 볼 것

지치지 않고 앞으로 갈 너에게

1장

고단했던 하루 끝, 나를 보듬는 시간

오늘도 잠들지 못하는 너에게

쉰다는 건 나를 아끼고

소중히 여기는 것과 다르지 않다.

당신이 잠들어야 할 시간을

기꺼이 침대에서 보내길 진심으로 바란다.

우리의 수면 시간은 덤이나 보상 같은 것이 아니기에.

Q

자는 시간을 대출받지 않기로 했다

어릴 때부터 나는 올빼미형 어린이였다. 엄마는 일찍 자라며 나에게 늘 잔소리를 하시곤 했다. 물론 잠자기 싫은 이유가 없었던 건 아니다. 내 시간이 없다고 느꼈던 게 이유라면 이유였다. 학생이던 때는 이른 아침부터 늦은 밤까지 학교에서 공부하고 학원까지 다녀오면 오로지 나만을 위한 시간이 없는 것처럼 느껴졌고, 다 커서는 회사에서 종일 이리 치이고 저리 치이며 일하다가

때때로 야근까지 한 후 잔뜩 지친 채로 집에 들어오면 오로지 나를 위한 시간이 또다시 짧게만 느껴졌다. 그렇게 침대 위에서, 소파 위에서 핸드폰을 들여다보거나 멍청한 표정으로 TV를 보다 보면 시간은 이미 새벽을 향해가고 있었다.

나는 잠자는 시간을 언제든 내가 원할 때 끌어 쓸 수 있는 자투리 시간쯤으로 생각했던 것 같다. 사실 공부와 일은 다 핑계였다. 고백하자면 공부할 거리, 일거리 하나 없는 날에도 나는 일찍 잠들지 않았다. 다음 날 일정이 있는데도 불구하고 감겨가는 눈을 부릅뜨며 나의 새벽을 지켰다. 낮에 일하면 밤에 놀아야 했고, 낮에 놀면 밤에는 일해야 하는 일상의 반복이었다. 내 수면 시간은 보장받지 못했다. 나는 어리석게도 자야 할 시간을 덤처럼 주어지는 보상 정도로 생각했다.

나에게 문제가 생기기 시작한 건 이십 대 중반부터였다. 경고음은 몸이 먼저 내기 시작했다. 계절이 바뀌고 겨울이 올 때까지 나는 매번 감기를 달고 살았다. 회사를 옮겨 교대 근무를 하게 되면서 상황은 더 안 좋아졌다. 출근 시간이 오전과 오후, 저녁을 들쭉날쭉 오가게 되었고 남들이 출근하는 모습을 보며 퇴근하는 일상을 당연하게 받아들일 무렵 나는 감기와 더불어 장염까지 달고 살게 되었다. 당연하게도 문제는 몸으로만 나타나지 않았다. 나는 매사 의욕이 없었고 점점 무기력해지는 것을 느꼈다. 딱히 즐거운 일도, 슬픈 일도 없었다. 지하철에서 누군가 어깨만 치고 지나가도 힘이 없어 주저앉거나 갑자기 계단에서 균형 감각을 잃고 넘어지기도 했다. 그때의 나는 이런 갑작스러운 몸의 경보음이 무슨 이유로 울리고 있는지 몰라 그저 답답할 뿐이었다.

내 몸과 마음의 상황은 심각했지만 나는 그 와중에도 꾸준히 운동하거나 끼니를 꼬박꼬박 챙겨 먹지 않았다. 지금 생각해 보면 당시 회사 선배들은 나에게 끊임없이 경고했다. 특히 나에게 일을 가르쳐주었던 차장님은 점심시간에 꼭 사내 헬스장에 가곤 했는데, 그때마다 입에 달고 다니던 말이 있었다.

"내가 19년 동안 이 일을 하면서 철야를 버틸 수 있는 건 매일 꾸준히 운동했기 때문이야."

그 말을 귀에 딱지가 앉도록 들으면서도 나는 참 고집스러웠다. 잠은 충분히 자지 않으면서 여전히 운동은 하는 둥 마는 둥이었고 밥도 제때 먹지 않았으며 식사의 질도 따지지 않는, 그야말로 최악의 나날을 보내고 있었다. 설상가상으로 스타트업 회사로 이직하게 된 나는 많아진 업무량을 소화하지 못해 야근을 밥 먹듯 하기 시작했다. 영업으로 여러 사람을 상대하면서 스트레스가 극도로 치닫자, 마침내 금이 간 나의 몸과 마음이 무너지기 시작했다.

감정 조절이 어려워진 나는 사소한 일에도 과하게 짜증을 내기 시작했다. 사람들과 시간을 보내고 와 혼자가 된 뒤에 이유 없이 눈물을 쏟기도 했다. 아침에 일어나 출근 준비를 할 때면 단순히 '일하기 싫다' 정도가 아닌 엄청난 불안감이 엄습해 느릿느릿 준비하다 번번이 지각하기도 했다. 사람들과의 관계에서 있을 법한 사소한 갈등도 견디지 못해 몸져눕기까지 했으니, 내 상황은 생각보다 아주 심각했다. 그렇게 나는 회사를 관둬야만 했다.

뒤에서 거듭 이야기하겠지만 나의 무기력증에는 다양한 이유가 있었을 것이다. 다만 몸이 무너져 내렸던 가장 큰 이유가 부족했던 '수면'인 것만은 분명했다. 수면 리듬이 정상적으로 잡혀 있지 않았던 내가 들쭉날쭉한 수면 패턴 속에서 질 좋은 잠을 잔 시간은 극히 적었을 것이다. 잠이 부족하니 너무나 당연하게도 체력과 면역력이 떨어졌다. 집중력이 오래 유지되지 않으니 감정 조절이 힘들어졌고, 일의 진행 속도도 더뎌졌다. 일이 빨리 처리되지 않으니 나는 또 야근을 할 수밖에 없었고 그럼 늦게 잠들고 일찍 일어나야만 했다. 이런 악순환이 계속되면서 마음의 불안은 커졌고, 결국 무기력증이 나를 집어삼

킨 것이다.

그쯤 되니 질 좋은 잠을 자는 사람의 일상이 궁금해지기 시작했다. 그래서 나는 수면 습관이 잘 잡힌 친구와 며칠을 함께 보내기로 했다. 일종의 합숙(?) 체험 같은 것이었다. 그 친구는 평범한 회사원이었는데 늦어도 밤 11시에 잠을 자기 시작했다. 나에게는 너무나도 낯선 루틴이었지만 일단 친구를 따라 10시부터 침대에 누워보기로 했다. 핸드폰조차도 방해될까 싶어 수면 모드로 설정해 두고 멀찍이 떨어뜨려 놓았다.

초반 며칠간은 그렇게 잠이 안 올 수가 없었다. 나는 매번 똘망똘망한 눈으로 양들을 세다가 겨우겨우 잠이 들곤 했다. 그러나 친구는 매일 아침(나에겐 새벽이었지만) 5~6시 사이에 일어났다. 부족한 잠을 보충해야 했던 나는 빠른 속도로 이 패턴에 적응해 눕자마자 잠들기 시작했다. 친구에게는 특별할 것 없는 일상이었지만 나에게는 시간 개념이 뒤틀리는 어마어마한 경험이었다.

그렇게 며칠간 밤 10~11시에 잠들고 아침 5~6시에 따라 일어나는 생활을 이어가는 동안, 사실 신경이 더 날카로워지는 느낌이 들었다. 그러나 몸의 반응은 확실히 달랐다. 음식을 먹고 난 후 속이 훨씬 편안해졌다. 수면 리듬이라고 할 것 자체가 없을 때는 만성으로 속이 불편해서 그동안 불편한지도 몰랐던 것이다.

그보다 더 놀라운 건 오전이라는 시간이 이렇게 길었다는 사실을 깨닫게 된 것이었다. 늘 거르던 아침을 먹고, 이부자리를 정돈하고, 업무 몇 가지를 처리하고도 점심을 먹기까지 시간은 충분했다. 가끔은 아침 운동을 다녀오기도 했다. 그간 내 인생에 없던 오전을 되찾은 것이다. 효율적으로 시간을 쓴다는 말이 무슨 뜻인지 이때 처음 알게 되었다.

충분한 수면으로 휴식을 취했기 때문에 스트레스를 효과적으로 처리하고 집중력을 유지할 수 있는 몸 상태가 비로소 만들어졌다. 그러고 나니 감정 기복을 겪는 일도 거의 없었다. 불안하고 기분 나쁜 일들이야 여전히 있었지만, 그것으로 과도하게 나를 책망하거나 타인을 원망하면서 보내는 시간도 자연스럽게 줄어들었다.

그렇게 친구와 며칠을 보낸 이후에도 나는 아침 7~8시 사이에 일어나는 생활을 지속했다. 이른 시간에 일어나서 움직이기 시작하니 적어도 밤 12시 전후에는 잠이 쏟아졌다. 새벽까지 잠이 오지 않아 뒤척이는 일은 줄어들었고 졸음이 쏟아지기 전에 일을 끝내기 위해 낮 시간을 더 효율적으로 보내게 되었다.

물론 여전히 올빼미 시절의 내가 찾아오는 밤이 있다. 일찍 자기에는 아쉬운 마음에 괜히 핸드폰을 만지고, TV를 쉽게 끄지 못하는 밤. 이럴 때 나는 따뜻한 차를 한 잔 마시며 오늘 하루 있었던 일을 곱씹어 보곤 한다. 짧은 하루지만 피식피식 웃음이 나는 일도, 나를 이불 킥 하게 만드는 일도 참 많다. 그렇게 나와의 시간을 보내고 나면 금세 자야겠다는 생각이 든다.

나만의 시간이 없다고들 하지만 핸드폰도, TV도, 일거리도, 야식도 없이 온전히 나에게 집중하는 시간을 가질 생각조차 하지 않는 사람이 대다수다. 나 역시 그랬듯이. 나에게 집중하지 않으면 나만의 시간은 영원히 생겨나지 않는다. 수많은 밤을 그렇게 지새워 봤기에 이 글을 읽는 당신이 잠들어야 할 시간을 기꺼이 침대에서 보내길 진심으로 바란다. 우리의 수면 시간은 절대 덤이나 보상 같은 것이 아니라는 사실을 나는 이제야 알게 되었다.

꿀잠 처방전

잠 못 드는 밤을 끝내는 방법

'나는 고민도, 스트레스도 없는데 왜 잠이 안 오는 걸까?'

본인의 불면증에 이유가 없다고 생각하는 사람이 많다.
눈을 감고 곰곰이 떠올려 보자.

요즘 직장에서 동료들과의 관계는 어땠는지,
일이 벅차다고 느낀 적은 없었는지,
가족과의 관계는 아무 문제 없는지,
몸 어딘가가 아프거나 불편하진 않은지.

사실은 괜찮은 '척'했던 게 문제는 아니었을까?
괜찮다고 생각하면 진짜 그런 것처럼 느껴질 때가 있다.
가끔은 조용한 공간에서 혼자만의 시간을 가져보자.

정말 괜찮은지 나에게 물어봐 줄 시간 말이다.

Q

가짜 휴식은 이제 그만

"누운 채로 밤새 뒤척거리다가, 오늘도 해 뜨는 걸 보고서야 간신히 선잠을 자고 출근했어요."

유튜브를 시작하고 처음 받았던 어느 이름 모를 구독자의 고민을 나는 여전히 기억한다. 한마디로 그의 고민은 '불면증'이었다. 의사도 아닌 내가 불면증을 말끔히 없앨 방법을 알려줄 수는 없었다. 어떻게 하면 불면증

증상을 완화할 수 있는지에 관한 아이디어조차 전혀 없었지만, 경험상 불면증이 '불안' 때문에 생겨난다는 사실쯤은 알고 있었다. 내가 해야 할 일은 그가 요즘 무엇 때문에 불안한지, 무엇이 걱정되거나 힘든지 속 시원히 털어놓도록 하는 것이었다.

길다면 긴 시간 동안 많은 구독자와 이야기를 나누다 보니 자연스럽게 깨닫게 된 사실이 하나 있다. 불면증이나 무기력증, 우울증 등 다양한 증상을 호소해 오는 사람들에게는 공통점이 있었다. 처음 이들은 대부분 증상으로 인해 겪고 있는 갖가지 어려움으로 이야기를 시작한다. 그러나 이야기를 이어가다 보면 그들이 증상 때문에 힘든 게 아니라는 사실을 알게 된다. 다양한 증상이 나타나게 만든, 이면의 진짜 고민이 서서히 드러나는 것이다. 이를테면 이렇다.

표면적 고민: 떨어지는 의욕과 자꾸 다운되는 기분

진짜 고민: 남자친구와의 불화

나에게 불면증에 관한 고민을 털어놓았던 구독자도 마찬가지였다. 그는 사실 불안한 미래를 걱정하고 있었다. 잠시 일을 쉬고 있던 그는 자신이 몸담았던 업계가 워라밸을 지키기 힘들다면서 다시 그 업계로 돌아가고 싶지 않다고 말했다. 그러면서도 자신이 잘할 수 있는 일이 이것뿐이라며, 몇 개월 뒤에 자신이 다시 그 일을 하고 있을까 봐 너무 무섭다고 했다. 이야기를 다 들은 나의 첫마디는 이거였다.

"쉬고 있다고 말하지만, 사실은 하나도 쉬고 있지 않네요."

나는 가짜 휴식이 있다고 믿는다. 침대 위에서 오랜 시간 누워 시간을 보내더라도 머리가 걱정 근심으로 가득 차 있다면 그건 진짜 휴식이 아니다. 게다가 쉬고 있는 나에 대한 죄책감까지 느낀다면 그 시간은 휴식은 커녕 독이 될 수도 있다. 쉬고 있는 내가 죄인처럼 느껴지고, 쉬고 있는 행위가 대역죄처럼 느껴진다면 어느 누가 두 다리 쭉 뻗고 제대로 쉴 수 있겠느냔 말이다.

쉽지는 않겠지만 진짜 휴식을 취하려면 지금 머릿속에 가득한 걱정부터 내려놓자. 물론 그게 얼마나 힘든지는 나도 잘 알고 있다. 나 역시 걱정에 휩싸일 때면 아무 일도 하지 못하고 패닉에 빠져 시간만 흘려보내곤 하니까. 그러나 걱정을 안고 있는 상태에서는 몸의 긴장이 풀릴 수 없다. 휴식답게 휴식할 수 없다.

1. 단순하게 생각하자

이럴 때 나는 걱정되는 무언가를 단순하게 만드는 편이다. 만약 내가 지금 일을 관둔 상태고 미래에 대한 불안 때문에 밤잠을 설치고 있다면 '오지 않은 미래에 대한 걱정은 잡생각'이라고 생각하려고 노력하는 것이다. 이때의 잡생각이란 이를테면 이런 것이다.

'영영 아무 일도 못 하게 되면 돈 없는 노인이 되겠지? 주변에 사람도 없이 쓸쓸하게 늙어갈 거야. 이런

나를 아무도 사랑해 주지 않을 거야!'

적어놓고 보니 정말 망상이 따로 없다. 일어나지도 않은 일에 대한 걱정이 눈덩이처럼 불어날 때면 이렇게 외쳐보자. "이건 잡생각이야. 그만 생각해!" 제삼자가 봤을 때 미친 사람처럼 보일지도 모르지만, 아무도 없는 곳에서 혼자 내뱉는다면 무슨 상관인가. 이렇게 적극적으로 쓸데없는 생각을 끊어내야만 꼬리에 꼬리를 무는 걱정들로부터 우리를 보호하고 진짜 휴식을 만끽할 수 있다.

2. 남의 걱정을 내 것으로 만들지 말자

타인의 말에 휘둘리지 않는 건 중요하다. 나는 특히나 가족이 나를 향한 걱정을 늘어놓을 때마다 쉽게 자책감에 휩싸이곤 했다. "너 이런 식으로 계속 쉬어도 괜찮겠어?", "다음 일자리는 알아보고 있니?" 이 정도는 양반이다. "네가 뭐가 힘들다고 집에서 쉬고 있어?"부터 시작해 끊임없는 잔소리와 함께 서로 상처 입히는 말들을 주고받는 가족도 있을 것이다. 이런 경우에는 꾸역꾸역 집에서 쉬려고 하기보다는 차라리 짧은 여행을 다녀오는 게 더 좋다.

잊지 말아야 할 건 언제까지나 내 걱정은 '내 것'이고 남의 걱정은 '남의 것'이라는 것이다. 책임감 없이 문제를 회피하는 태도는 물론 좋지 않지만, 타인의 걱정까지 내가 모두 떠안을 필요도 없다. 설사 그게 나에 대한 걱정이라도 말이다. 물론 이런 걱정은 가족이나 친한 친구, 연인처럼 나와 친밀한 타인들의 것일 때가 많아 선을 긋는 게 더 어려울 수 있다. 그렇다고 해도 나 아닌 누군가가 내 인생을 책임져 주는 건 아니다. 걱정하는 마음은 이해하되 그들의 걱정을 온전히 흡수해 내 것으로 만들고 불안에 불을 지피는 행동은 휴식을 휴식답게 하는 데 전혀 도움이 되지 않는다. 나를 위해 해주는 말이라고, 좋은 마음으로 건네는 말이라고 그들의 오지랖을 구태여 변호할 필요는 없으니까.

3. 몸을 쓰자

무작정 드러눕는다고 만사가 해결되는 것도 아니다. 몸을 편하게 두었다고 해서 그 시간이 휴식이 될 수는 없다. 잠을 자는 게 아니라면 누워 있는 시간은 차라리 줄이는 것이 휴식에 도움이 된다. 내 일상 중에 몸을 움직이는 시간이 얼마나 되는지 한번 생각해 보자. 아마 거의 없을 거다. 대체로 앉아 있거나 그마저도 누워 있는 시간이 더 많은 우리에게는 꾸준히 운동할 수 있는 시간을 확보하는 방법이 가장 좋겠지만, 물리적인 시간이 절대적으로 부족한 시기는 반드시 온다.

이때 나는 집안일 루틴을 만들어 활동량을 확보했다. 일어나서 침대를 정리하고, 집을 환기하고, 따뜻한 물로 씻고, 점심을 먹은 후에는 잠시 공원 산책을 했다. 저녁을 먹은 후에는 하루 동안 밀린 설거지를 하고, 청소기를 돌리고, 쓰레기를 버리고 오고, 잠들기 전 스트레칭도 했다. 얼핏 보면 루틴 지옥 같기도 하지만 이 집안일 루틴은 주기적으로 운동을 가는 것보다도 나에게 더 좋은 영향을 줬다.

사실 나도 한동안은 일해서 돈 번다는 이유 하나만으로 살림을 남 일처럼 생각했던 적이 있다. 그러니 집 안은 늘 엉망일 수밖에 없었고. 그러나 어느 순간, 그렇게 내내 방치한 '집 안 꼬라지'가 주는 스트레스도 상당하다는 것을 자각했다. 지금 내 책상 상태가 내 머릿속 상태와 같다는 말이 있는 것처럼 내 집의 상태는 내 마음 상태와 같다. 집 안을 청결하게 유지하는 건 일상 속 성취감과 자신감을 유지하는 데도 큰 도움이 된다. 무엇보다 지저분한 집은 나의 면역력을 해친다.

어떤 생각이든 우리의 휴식을 방해하는 건 잡생각으로 인한 걱정과 불안이다. 그러니 쓸데없이 꼬리를 물고 이어지는 생각들과 내 것이 아닌 타인의 걱정을 단호히 도려내자. 걱정에 휩싸이는 대신 일상에 활기를 불어넣어 줄 나만의 루틴을 만들어 스트레스를 건강하게 해소해 보자. 쉰다는 건 나를 아끼고 소중히 여기는 행위다. 종일 누워 이런저런 잡념에 시달리는 것과 나를 보듬는 것은 엄연히 다르지 않을까?

Q

기 센 사람의 멘탈

요즘 '기존쎄'라는 말을 많이들 한다. 기가 센 사람을 가리키는 말이다. 그만큼 기가 세지고 싶은 사람이 많아서 이런 말도 유행하는 것 아닐까. 그렇다면 기가 세다는 건 어떻게 정의할 수 있을까? 자주 정색하고 말을 잘하고, 무섭게 화장하거나 몸이 다부진 사람이 기 센 사람일까?

어렸을 때는 나도 기가 세다는 것이 무엇인지 제

대로 알지 못했다. 그래서 웃기지만 드라마나 영화 속 악역들을 보면서 표정 연습을 하기도 했다. 지금 생각해 보면 나 역시 기 센 사람처럼 보이고 싶었나 보다.

사실 세 보이고 싶다는 건 거꾸로 이야기하면 스스로가 약하다고 생각하는 것이다. 그렇기에 늘 방어할 준비를 한 채로 날이 서 있다는 뜻이 되기도 한다. 세 보이기 위해 분노를 숨김없이 표현하고 사납게 행동한다면, 당장은 내가 원하는 걸 얻을 수 있고 내 약점을 숨길 수도 있다. 그러나 결국 주변 사람들은 점점 당신을 피하고 싫어하게 될 것이다.

기가 세다는 건 불안에 치여 이리저리 휘둘리는 일 없이 스스로 답을 내리는 것이다. 아무리 불안한 상황에서도 평정심과 일관성을 유지하는 것이다. 물론 어려운 일이다. 항상 가능하지도 않다. 그러나 내면이 단단한 사람들치고 이런 상태를 유지하는 방법을 모르는 이는 없지 않을까?

진짜 기가 세다는 것은

스스로 내린 답이 불안에 치여

이리저리 휘둘리지 않는 것이다.

그리고 이런 상태가 가능해지면 놀랍게도 인간관계에서 내가 무시당하는 것 같은 느낌이 사라진다. 내가 먼저 다른 사람들 눈치를 안 보게 되면서 사람들이 나를 더 신뢰하고 호의적으로 대한다는 걸 느낄 수 있을 것이다. 그런 의미에서 멘탈을 강하게 단련해 기가 센 사람이 되는 **첫 번째 방법은 상상력을 억제하는 것이다.**

우리가 매일 밤 잠들기 전 하는 걱정은 대부분 상상에 불과한 경우가 많다. 누군가가 나를 무시하는 것 같은 기분, 누군가가 나를 싫어하는 것 같은 기분. 사실 모두 나만의 추측일 가능성이 크다.

아니라고 반박하고 싶은 사람들도 있을 것이다. "정말로 그 사람은 나를 싫어하더라", "나를 무시한 적이 한두 번이 아니다"라고 말하지만, 왜 그렇게 생각하냐고 되물으면 그저 "말투가 날 무시하는 투였다", "나를 싫어하니까 그런 표정을 지었을 것이다"라는 식의 뇌피셜을 덧붙일 뿐이다. 이것 역시 추측이다. 추측이 맞을 수도,

틀릴 수도 있는 것이다. 그리고 사실 맞든 틀리든 그건 별로 중요하지 않다. 중요한 건 내가 그 상황을 뚫고 나갈 힘이 있느냐 없느냐다.

그렇다면 끊임없이 다른 사람들의 평판을 추측하고 늘 최악의 상황만을 그리는 이 상상력은 어떻게 억제할 수 있을까? 나 역시 다른 사람들의 생각을 지레짐작하는 일을 멈추기란 쉽지 않다는 것을 안다. 그렇기에 추측 자체를 멈추려 하기보다는, 누군가가 나를 무시하거나 싫어하는 것 같다고 느껴지는 그 상황 자체에 큰 의미를 부여하지 않으려고 노력한다. 앞으로 나와 그 사람 간의 관계가 엉망이 되더라도 상관없다는 마음가짐으로 말이다.

부끄러운 일이지만 나는 종종 처음 보는 상대의 단점이나 마음에 들지 않는 면을 먼저 찾곤 한다. 그렇다고 누군가의 좋은 면만 보려 하는 게 꼭 좋다고 보기 힘들다. 중요한 건 우리가 인간관계에서 평가받기를 두려워한다는 것은, 우리 모두 누군가를 마주할 때 판단과 평가를 앞세우는 경우가 훨씬 많다는 뜻이라는 거다. 그걸 드러내느냐 드러내지 않느냐로 사회성과 성숙도를 가늠할 수도 있다. 자기 혼자만의 생각을 미숙하게 드러내거나 상대를 평가하는 갑의 위치를 선점하려는 건 오로지 그 사람만의 문제다. 그런 사람들의 태도나 기분, 생각은 내 알 바 아니라는 거다.

우리는 모두 타인 앞에서 찌질하고 겁쟁이다. 그러니 이런 나를 인정하고 '어찌 되든 뭐 어쩔 수 없지!'라는 생각으로 마음에 힘을 조금 풀어보는 건 어떨까? 사람들은 그런 나를 '기존쎄'라 부르고 있을지도 모른다.

두 번째로 중요한 건 시간을 내 편으로 만드는 것이다. 시간이라는 자산이 없는 사람은 없다. 시간은 모두에게 공평하다. 그러나 사람은 두 부류로 나뉜다. 모두에게 공평하게 주어진 시간이라는 자산을 내 것으로 만드는 사람과 빼앗기는 사람.

새로운 일 앞에서 두려운 것도 마찬가지다. 두려

우니까 배우고 파악해서 두려움을 뚫고 상황을 장악하는 사람과 두려우니까 계속 피하고 숨는 사람만이 나뉠 뿐이다. 나 역시 굳이 따지자면 후자에 더 가깝게 타고난 사람이다. 그러나 그간 회피하는 시간이 길어질수록 상황은 늘 더 나빠지기만 했다. 그걸 깨닫고 난 후에는 의식적으로 새로운 일, 새로운 관계 앞에서 더 적극적으로 행동하기로 마음먹는다. 두려움을 없애는 데 딱 그만큼의 시간을 투자한다.

여기서 중요한 건 조바심 내지 않는 것이다. 급한 마음을 가지는 순간 투자한 시간은 저 멀리 달아나 버린다. 조바심을 다른 말로 표현하자면 일종의 투기심이다. 한 방에 상황이 괜찮아지길 바라고, 한 방에 모든 걸 깨닫길 바라고, 한 방에 누군가와의 관계가 발전되길 바라는 그런 욕심 말이다. 그런 요행이 세상에 영 없는 건 아니지만 바란다고 얻을 수 있는 것도 절대 아니다. 그러니 나는 요행만 바라며 허송세월을 보낼 수만은 없다고 말하고 싶다.

인간관계에서도 마찬가지다. 만약 내가 지금 누군가에게 억울한 오해를 받고 있다면 시간의 힘을 믿은 채 차분하게 기다려보자. 물론 해명도 없이 숨어버리라는 말은 아니다. 내 입장은 충분히 대변하되 그저 눈앞의 관계와 상황을 빨리 개선하기 위해 무리수를 두지는 말라는 뜻이다. 오해와 경계는 시간이 지나면 누그러지기 마련이다. 빠르게 이 상황을 해결하기 위해 급발진한다면 오히려 반감을 가진 상대방은 영영 당신과 멀어질지 모른다.

시간은 정직하다. 내가 들인 시간만큼 성장하고 달라질 것을 확신하는 사람만이 진짜 '기존쎄'가 될 수 있다.

마지막으로 기 센 사람은 누군가를 쉽게 무시하지 않는다. 그도 그럴 것이 시도 때도 없이 누군가를 무시하는 사람은 자존감이 높을 리가 없다. 상대를 끌어내려서라도 나를 내세우고 싶은 알량한 마음을 가진 사람들. 생각보다 우리는 이런 안쓰러운 이들을 정확히 알아본다. 안쓰럽게 여겨지는 이가 기 센 사람이 될 수는 없다.

꿀잠 처방전

호구가 아니라 좋은 사람이 되어보자

'호구'와 '좋은 사람'은 한 끗 차이다.
주변 이들에게 좋은 사람보다는 호구처럼 여겨지는 것 같다면
다음을 명심하자.

- ☐ 덮어놓고 잘해주기보다는 장점을 찾아 칭찬해 주자.
- ☐ 상대방의 기분에 따라 좌지우지되지 말자.
- ☐ 언제나 내 입장을 먼저 생각하자. 나의 1순위는 나!
- ☐ 나의 호불호를 정확히 파악하고 적절히 표현하자.
- ☐ 급하게 부탁을 수락하지 말자. 나에게는 고민할 시간이 있다!

Q

나라는 장르를 만들어보자

주변에 '존재감 있는' 사람들을 떠올려 보자. 아웃사이더가 편해서 일부러 자청한다는 사람이라도 이렇게 존재감 있는 사람을 볼 때면 자기도 모르게 고개가 돌아가곤 할 것이다. 가끔 구독자들과 라이브로 소통할 때면 '존재감 없는 게 고민'이라는 이야기가 꼭 한 번씩은 나온다. 개성이 없어서 사람들이 자신을 잘 기억하지 못하고, 그러다 보니 친구를 사귈 기회도 일에서 얻는 기회도 적어지는 것 같다고 토로한다.

무엇보다 이런 고민을 상담해 오는 사람들이 마지막에 공통적으로 덧붙이는 이야기가 있다. 바로 '그래서 외롭다'는 거다. 그들은 누군가가 곁에 없을 때 자신이 느끼는 허전함만큼 사람들도 내가 없을 때 허전함을 느끼고 자신을 필요로 하길 바란다.

그렇다면 이들이 말하는 존재감 있는 사람이 되려면 어떻게 해야 할까? 말을 잘하는 달변가가 되어야 할까? 외모를 가꿔 매력적인 사람이 되면 될까? 돈이 많은 재력가는 어떨까? 무엇보다 중요한 건 나부터 나의 존재를 있는 그대로 인식하는 거다. 나부터가 나의 존재감을 느낄 수 있어야 한다. 내 존재 자체가 지워져 있는데 어떻게 다른 사람들 사이에서 존재감 있는 사람이 되겠는가.

아주 오래됐지만 여전히 불멸의 명작이라 불리는 영화 「매트릭스」에서 내가 가장 좋아하는 장면이 있다. 가상현실에서 벗어나 진짜 세상의 존재를 알게 된 인물 네오가 새로운 세상으로 자신을 인도해 준 모피어스와 트레이닝하는 장면이다. 모피어스는 자신을 쉽게 꺾지 못하는 네오에게 이렇게 말한다.

> "네가 어떤 사람인지 생각하지 말고 너 자신을 인식해.(Don't think you are. Know you are.)"

내가 어떤 사람인지 추측하지 말고 알아야 한다는 거다. 우리는 존재감 있는 모습에 대한 어느 정도의 고정관념을 갖고 있다. 나 역시 그랬다. 그리고 그 모습은 우리가 동경하고 부러워하거나 어릴 때부터 부모님이나 사회가 모범 답안처럼 제시해 온 완벽한 무언가일 거다. 심리학 용어로는 '초자아(superego)'라고 하는데, 한마디로 '사회의 이상이나 가치 등에 따라 나타나는 양심'이다. 존재감을 내뿜기 위해서는 이렇게 본인이 완벽하다고 여기는 이상적 자아상부터 지워내야 한다. 이상적 자아상이란 교과서적 답변 같은 것이지 그 자체가 옳은 답은 아니기 때문이다. 그것만이 정답이라고 생각한다면 불안과 강박만 커질 뿐이다.

'이렇게 해야 인정받을 수 있어', '이렇게 해야 기회를 많이 얻을 수 있어', '이렇게 해야 성공할 수 있어'… '이렇게 해야'를 지우고 다양한 가능성을 떠올려 보는 것이 이상적 자아상을 내려놓는 첫 번째 단계다.

외모가 돋보이거나 사교적이고 활발한 성격이어야만 사람들에게 내 존재감을 인정받을 수 있다고 생각한다면 너무 슬프지 않은가. 물론 외적으로 돋보이고 성격이 활발한 사람에게 사람들이 더 주목하는 건 사실이다. 그러나 그렇지 않다고 해서 내가 존재감 없는 누군가로 생을 마감하리라고 생각하는 것도 너무 극단적이다. 가만히 앉아서 나에게 없는 조건들을 세며 '난 왜 이렇게 존재감이 없을까'를 고민하는 사람은 정작 본인이 어떤 장점을 지니고 있는지에 관해서는 관심이 없거나 무시하고 인정하지 않는 경우도 많다. 스스로 자신을 소외하는 것이다. 그런 상황에서 어떻게 긍정적인 존재감이 생길 수 있을까.

지금부터는 외모, 학벌, 재력이 아닌 나만의 장점을 생각해 보자. 이를테면 이런 것들이다.

1. "나는 내면의 이야기가 풍부한 사람이야. 누구와 대화해도 상대를 편하고 즐겁게 만들어!"
2. "나는 센스 있는 사람이야. 특히 누군가를 챙겨야 할 때 아낌없이 베풀지. 소소한 선물과 편지로 상대를 감동시킬 줄 알아!"
3. "나는 쿨한 사람이야. 내 뜻대로 풀리지 않는 일이 있더라도 오랫동안 미련을 두지 않고 '어쩔 수 없지, 이제 다음 거!' 하면서 넘어가곤 해. 사람들도 이런 내 모습을 보고 멋있다고 말해준 적이 꽤 있어!"
4. "나는 말한 건 꼭 지키는 사람이야. 한번 약속했으면 상대가 잊어버렸더라도 꼭 챙기는 편이지. 책임감이 강하다고 말해주는 사람들이 많았어!"

이 정도 예를 들어주면 다들 "아! 저도 생각났어

“네가 어떤 사람인지 생각하지 말고
너 자신을 인식해.”

요!" 하며 자기 이야기를 꺼내곤 한다. 내세울 장점 하나 없는 사람은 없다. 외모, 학벌, 재력 같은 익숙한 것들에 감춰져 정작 더 큰 강점이 될 수도 있는 요소들을 놓치고 있던 거다. 나조차도 돈 많은 사람보다는 내 이야기에 크게 공감해 주고, 함께 대화할 때 웃음이 끊이지 않는 사람에게 더 매력을 느낀다. 외적으로 화려한 사람보다는 작은 선물, 짧은 편지 한 장으로 뜻밖의 감동을 전해주는 사람과 더 오래 함께하고 싶다.

이렇게 나라는 사람의 진가를 인식했다면 이제는 내 감정의 '편'이 되어주자. "무조건 내가 옳아!" 하고 주장하라는 것이 아니다. 내 감정을 정직하게 인정하고 표현하려고 노력하라는 것이다. 내가 내 감정의 편이 되어주지 못하는 것은 사람들 눈치를 자꾸 보기 때문이다. '나를 나쁘게 볼까 봐', '나를 소심하게 볼까 봐', 남에게 나를 맞추고 좋은 사람처럼 보이려고 나의 감정을 왜곡하고 외면한다. 그러나 다른 사람들 눈치만 보면서 좋은 사람처럼 보이려고 애쓰는 사이 우리는 가면 너머 서로의 모습을 점점 더 불신할 수밖에 없다. 서로 더 멀어지고 더 외로워질 뿐이다.

가장 큰 비극은 시간이 흐를수록 그 가면을 나의 진짜 얼굴로 착각하게 되면서 나와의 거리마저도 멀어져 버린다는 것이다. 존재감 있는 사람이 되고 싶었던 내가 역설적으로 점점 더 존재감 없는 사람이 되어버리는 이유다.

나는 기쁨과 분노, 슬픔과 즐거움… 그 어떤 감정이든 스스로에게 정직하기로 마음먹었다. 내가 무엇을 좋아하는지 무엇을 싫어하는지 평생에 걸쳐 알아가는 게 인생이다. **나 자신과 만나는 일에 진심일 때 비로소 나의 존재감이 만들어지기 시작한다.**

꿀잠 처방전

나를 매력적으로 만드는 대화법

☐ 한 마디 한 마디 존재감 폭발하는 '그 사람'을 따라 하지 말라!

타고나길 대화 분위기를 이끄는 리더형인 사람들이 있다. 이런 사람을 따라 하려다가 오히려 분위기를 싸하게 만드는, 눈치 없는 사람이 될 수도 있다.

☐ 상대방의 말부터 경청하며 적절하게 반응하라!

상대방의 말을 집중해서 들으면 자연스럽게 이해하지 못한 부분에 관해 질문하게 된다. 바로 이 질문이 대화의 물꼬를 터주고 상대방에게 호감을 쌓는다.

☐ 상대방을 충분히 파악하고 공통 관심사로 대화하라!

대화 초반에는 듣는 비중을 늘려서 상대방이 어떤 사람인지 파악하는 게 중요하다. 물론 대화할 때는 말하는 비중도 중요하니, 파악이 어느 정도 끝났다면 상대방의 관심사를 적절히 섞어 내 이야기도 시작해 보자.

Q

유튜브, 넷플릭스, 인스타그램이라는 감옥

요즘 '도파민'이라는 말이 유행이다. 도파민에 절여진 우리는 끊임없이 더 자극적인 콘텐츠를 찾아 눈을 돌린다. 나 역시 도파민을 터뜨리는 수많은 영상물에 노출되어 있다. 출근길에는 인스타그램으로 지인들의 일상을 살피고 회사 점심시간에는 요즘 핫한 넷플릭스 콘텐츠는 뭔지 동료들과 한바탕 이야기를 나눈다. 퇴근하고 돌아와서는 침대에 누워 잠들기 직전까지 유튜브 알고리즘에 나를 맡긴다. 영상물 중독은 이제 피할 수 없는 일상이 되어버렸다.

최근까지 나도 영상물 중독에 허우적댔다. 한번은 외출 후 돌아온 동생이 나갈 때와 같은 자세로 같은 드라마를 계속 보고 있던 내 모습에 고개를 젓기도 했다. 그때 내가 보고 있던 드라마는 무려 「워킹데드」였다. 그때의 나는 한번 시작한 시리즈가 끝날 때까지 한자리에서 꼼짝도 하지 않고 이어보기가 가능한 상태였다. 지루한 부분에서도 영상을 끊지 못하고 끈질기게 보는 것도 재능이라면 재능이라고 생각할 정도였다.

당연히 영상 콘텐츠 시청이 무조건 나쁜 건 아니다. 영상물에서 얻을 수 있는 아이디어도, 배울 수 있는 지식도 무궁무진하다. 그리고 무엇보다 영상 콘텐츠, 재미있지 않은가. 그럼에도 불구하고 내가 처음 무언가 잘못됐다는 것을 인식했던 때는 공무원 시험을 준비하며 노량진에서 공부하던 시절이었다. 이제 막 스트리밍 서비스가 등장하던 시절이었는데, 나는 각종 일드와 미드를 섭렵하며 나중에는 꿈도 외국어로 꿀 지경이 되었다. 영상물이 꺼진 적막한 시간을 도저히 견딜 수 없었다. 거짓말 보태지 않고 정말 영상을 24시간 재생했다. 놀랍게도 공무원 시험을 포기하고 대학교에 복학하기 직전까지 꼬박 6개월 정도의 시간을 그렇게 보냈던 것 같다.

재미있는 건 그 시기를 그렇게 보낸 후 복학한 나는 언제 그런 일이 있었냐는 듯이 학교생활을 성실히 해나갔으며 복학한 학기에는 학점도 매우 높았다는 것이다. 그렇게 영상물 중독과는 거리가 먼 일상을 살아가던 나에게 또다시 영상물 중독이 찾아온 건 졸업이 다가오던 때였다. 학교에 가 있는 시간, 아르바이트하는 시간 외엔 대부분의 시간을 영상물에 쏟았다. 재미있지도 않은 영상을 습관적으로 틀었다. 그러다가 친구들과의 약속에 늦는 일도 많았다. 그러나 취업을 한 후에는 마법처럼 다시 영상물과 멀어졌다.

나는 나의 영상물 중독에 일종의 패턴 비슷한 게 있다는 사실을 알게 되었다. 내가 각종 영상물에 과도하게 몰입한 시기는 마침 불확실한 미래에 대한 스트레스를 많이 받았던 시기였다. 나는 압박감을 이겨내기 힘들 때 도피 수단으로 영상물을 찾았던 거다. 더군다나 아무것도 시도해 보지 않고 영상 속 세상으로 도피만 해온 내가 그동안 콘텐츠의 진짜 재미를 느꼈을 리 만무했다. 그렇게 나는 인생의 즐거움을 하나둘 잃어가고 있었다.

그래서 나는 무의식중에 영상물이 보고 싶을 때, 차분히 앉아 내가 무엇에 압도되고 있으며 어떤 감정을 피하고 싶은 것인지 생각하기 시작했다. 그리고 영상물을 보는 대신 이 상황에서 벗어나기 위해서 진짜 해야 할 일이 무엇인지 고민하기 시작했다.

영상물에 중독되는 건 마음의 허기와도 깊은 관련이 있다. 그 시절 나는 집에 들어오자마자 리모컨부터 찾았다. 의미 없이 TV 채널이 돌아갔고 들려오는 웃음소리와 말소리, 음악 소리가 적막한 공간을 채웠다. 가끔은 이런 내가 이상하다고 느껴지던 때도 있었다. 내가 무엇을 하든 상관없이 영상은 틀어져 있어야 했다. 설거지하면서도, 샤워하면서도, 머리 말리고 화장을 하면서도 꼭 무언가를 보고 있어야 했다. 「침착맨」이라는 유튜브 채널의 댓글들을 보며 나 같은 사람이 꽤 많다는 것에 안도감을 느끼기도 했다.

"이제 설거지를 해볼까."
"잠자기 전에 틀어놓으면 꿀잠."
"혼자 사는데 틀어두면 사람 사는 집 같은 느낌."

우리는 적막이 찾아오는 걸 두려워했던 게 아니었을까 싶다. 어쩌면 바깥이 적막할 때 우리 속이 너무 시끄러운 탓은 아닐까. 시끄러운 속을 외면하고 싶어 더 시끄럽게 TV를 켜는 것이다.

"앞으로 어떻게 살아야 하지?"

우리는 적막이 찾아오는 걸
두려워했던 게 아니었을까 싶다.
어쩌면 바깥이 적막할 때
우리 속은 너무 시끄러운 탓이 아닐까.

"부모님이 편찮으시면 어쩌지?"

"살은 언제 빼지?"

이런저런 걱정거리들을 떠올리다 보면 '에라, 모르겠다!' 하며 현실과는 다른 세계로 뛰어들고 싶은 것이다. 그리고 이런 생각들이 꼬리를 물다 보니 자꾸 SNS에 들어가서 남들은 어떻게 사나 살펴보게 되는 것이다. 그래 봤자 뾰족한 답이 나올 리는 만무하고 괜히 결혼 잘하는 법, 노력 없이 돈 번 썰, 금수저들의 여행 브이로그 같은 콘텐츠에 또 빠지고 만다.

물론 요즘 같은 세상에서 '영상 콘텐츠 근절!', 'SNS OUT!'을 외치고 싶은 마음은 없다. 세상이 영상물을 자꾸 보라고 유혹하는데 뭐 하나 봤다고 자책하며 괴로워하고 싶은 마음도 없다. 그러나 한 가지 확실한 건, 나는 내 글을 쓰고 내 콘텐츠를 만들 때 가장 즐거웠다는 점이다. 이 책을 쓰면서도 각종 자극적인 영상물과 SNS 근황들은 내 관심 밖이었다. 역시 내 이야기가 남의 이야기보다 재미있는 법이다.

앞으로도 내가 영상물 중독 증상을 평생 보이지 않을 거라고 확답할 수는 없을 것 같다. 언젠가 나는 또 불확실한 미래에 초조해할 것이다. 현실 밖의 세계로 회피하고 싶어질지도 모른다. 그러나 한자리에 멈춰서 비슷한 콘텐츠만 반복적으로 소비하는 일상보다는 내 이야기를 쓰고 다른 사람들과 소통하는 일상이 더 멋져 보이지 않은가. 현실에 발붙이고 살아가면서, 가끔은 유행하는 콘텐츠를 소비하고 SNS로 먼 곳에 있는 누군가의 근황을 살피다 때때로 내 이야기를 쓰는 삶은 딱 알맞게 생기롭다.

Q

힘이 들 때
나는 노래를 불러

누구에게나 인생 작품은 있다. 누구에게나 사랑하는 이들에게 꼭 추천해 주고픈 음악이나 영화, 드라마나 책이 있다. 나에게도 흐릿한 삶에 불씨를 지펴준 음악과 영화가 있어 사랑하는 사람들에게 소개해 주고 싶다.

먼저 내가 다룰 줄 아는 악기도, 음악에 대한 지

식도 없는 것에 비하면 음악을 정말 사랑하는 편이라는 사실을 밝혀둔다. 이건 순전히 유년기를 이모들과 함께 보낸 영향이 큰 것 같다. 사춘기부터 이십 대 초반까지 다양한 연령대의 이모들과 함께 자라면서 나는 일반 대중가요부터 팝, 클래식 가리지 않고 이모들의 취향별로 음악을 섭렵했다. 흥이 많은 그녀들은 가끔 한 번씩 모여 다양한 음악을 들으며 댄스파티를 즐기기도 했다. 거실에서 불을 끈 채로 음악을 들으며 한두 시간씩 춤을 출 때면 나의 작은 세상에는 즐거움, 열광, 충만함 따위가 가득했다.

이제 와 생각해 보니 음악을 듣고 춤을 췄던 시간이 나에게는 몰입이나 명상과도 같은 경험이었다. 감정을 움직이고 몸을 움직이게 만드는 음악을 들을 때면 나를 리듬에 맡긴 채 내 존재를 잠시나마 잊을 수 있었다. 지금도 여전히 나를 몰입하게 만드는 음악을 만날 때면 영혼이 정화되는 느낌이 든다. 마치 깨끗하게 목욕한 다음 정갈하게 정돈된 침대에서 잠드는 것처럼 개운한 마음이 된다.

십 대부터 이십 대까지는 나의 아픔을 직접적으로 눌러 쓴 듯한 음악을 많이 들었다. 내가 발 디디고 선 현실의 가정불화나 따돌림, 그로부터 기인한 낮은 자존감에서 비롯한 결핍과 아픔에 대해 그 누구에게도 솔직하게는 말할 수 없었다. 하지만 놀랍게도 어떤 음악을 들을 때면 솔직하고 적나라한 가사에 마음이 녹곤 했다. 내가 그때 사랑해 마지않던 아티스트는 크리스티나 아길레라(Christina Aguilera)와 핑크(P!nk)였다. 특히 크리스티나 아길레라의 2집 앨범 「Stripped」와 핑크의 2집 앨범 「Missundaztood」에 수록된 노래는 정말이지 수도 없이 들었다. 그중 크리스티나 아길레라의 「I'm OK」와 핑크의 「Family Portrait」을 듣고는 큰 충격을 받기도 했다. 빛나는 재능을 가진 아름답고 강한 그녀들이 어릴 적 겪었던 최악의 경험들을 적나라하게 뱉어낼 때면 쾌감이 느껴졌다.

Bruises fade father

(멍이야 사라지겠죠, 아버지)

but the pain remains the same

(하지만 고통은 똑같이 남아 있어요)

And I still remember

(난 여전히 기억해요)

how you kept me so afraid

(당신 때문에 얼마나 두려움에 떨었는지)

Strength is my mother

(내 힘은 어머니에게서 왔어요)

for all the love she gave

(그녀가 준 모든 사랑으로부터)

And every morning that I wake

(나는 매일 아침 일어날 때마다)

I look back at yesterday

(과거가 떠올라요)

And I'm OK

(난 괜찮아요)

그녀의 앨범에는 이렇듯 어린 시절 받았던 최악

의 상처를 고백하는 곡도 있지만 「The Voice Within」처럼 두려움을 이겨내고 네 안에 있는 목소리를 믿으며 너만의 길을 찾으라고, 아무도 널 막을 수 없다고 격려하는 곡도 있다. 그녀의 모든 곡을 끊임없이 돌려 들으면서 최악의 상처가 때로는 지혜가, 때로는 힘이, 때로는 예술이 될 수 있음을 처음 피부로 느끼게 되었다. 음악은 구구절절하지 않은 방식으로 지혜와 힘을 건넨다. 내가 음악과 예술을 사랑하는 이유다.

고등학교 때 처음 보고 이십 대 내내 가장 사랑했던 영화 「디 아워스」에 대해서도 짧게나마 이야기하고 싶다. 영화에 등장하는 세 명의 인물은 모두 초반에 모두 스스로 목숨을 끊기 위해 노력하지만, 서로가 서로에게 영향을 미치게 되는 일련의 사건들로 인해 다시 삶에 대한 의지를 불태우게 된다. 이 영화에서 흥미로운 건 삶의 의지를 저버리는 사람과 다시 불태우는 사람이 습자지 한 장처럼 아주 작은 차이로 갈린다는 것이었다. 아이러니하게도 많은 인물이 스스로 생을 마감하는 이 영화에서는 다음과 같은 마지막 대사로 삶을 예찬한다. 내가 가장 좋아하는 대사이자 언제 보아도 삶의 의지를 불붙게 하는 대사다.

"사랑하는 레너드. 언제나 삶을 정면으로 보고 마침내 그것이 뭔지 깨달으며, 삶을 있는 그대로 사랑하고 그런 후에야 내려놓는 거예요. 레너드, 우리가 언제나 함께한 시간을요."

내가 이 대사를 감독의 의도 그대로 이해했는지는 알 수 없지만, 나는 이 대사를 '나의 삶을 직시하고, 있는 그대로 사랑해 본 사람만이 그 끝도 맺을 수 있다'라는 의미로 받아들였다. 인생이 무엇인지도 모른 채 함부로 끝낼 수는 없지 않은가.

비슷하게 용기가 필요할 때 나는 김한민 감독의 영화 「명량」을 보기도 한다. "신에게는 아직 열두 척의 배가 있나이다." 마치 연극에서나 나올 법한 이 대사는 한때 유행어가 되기도 했다. 모두가 불가능하다 여겼던 싸움을 그가 승리로 이끈 그 과정은 볼 때마다 소름이 돋는다. 그는 바다를 알고, 적을 알고, '나'를 알고 있었다.

음악이 되었든 영화가 되었든 내 삶에 따뜻한 불씨를 지펴준 것은 언제나 예술이었다. 삶의 여러 추악하고 허무한 면을 있는 그대로 드러내면서도, 끝까지 삶을 긍정하고 희망을 품으며 살아내는 그 수많은 이야기를 사랑하는 이유다. 그래서 나는 앞으로도 삶의 순간순간 새로운 인생 작품을 수집하며 살아갈 작정이다. 잠들기 전 예술을 곱씹는 시간을 갖는다면, 그건 그것대로 또 얼마나 좋을까.

음악은 구구절절하지 않은 방식으로
지혜와 힘을 건넨다.
내가 음악과 예술을 사랑하는 이유다.

Q

대담한 INFP에
소심한 사수자리입니다

요즘 사람들은 첫 만남에 MBTI로 통성명을 한다고 한다. 내가 어렸을 때만 해도 사람 유형은 MBTI는커녕 고전적인 혈액형으로 나뉘었다. 나는 그것이 전혀 과학적이지 않다고 생각했지만 그럼에도 묘하게 신빙성이 있다고 여겼던 건 막내 이모 때문이었다. 막내 이모는 AB형이었는데, 혈액형별 성격유형에서 설명하는 AB형에 꼭 들어맞는 사람이었다!

그래서 나는 내 혈액형이 싫었다. A형, 소심함의 대명사로 불리는 혈액형이었다. 고등학교 때는 친구가 내 혈액형을 집요하게 놀려댔다. 아마도 발끈하는 내 반응이 재미있었나 보다. 지금 생각해 보면 '소심한 A형'이라는 말에 발끈하는 것부터도 너무나 A형스럽다.

그래서 그 시절의 나는 내 마음에 들지 않는 혈액형보다는 별자리를 더 좋아했다. 나는 사수자리인데, 놀랍게도 사수자리가 설명하는 나는 A형이 설명해 주는 나와 정반대였다. 긍정적이고 대범한 사업가라고나 할까? 상황이 이러하다 보니 나는 자연스레 별자리를 더 깊이 공부하게 되었다. 사수자리가 아닌 별자리들도 공부했고, 태어난 때 행성의 위치에 따라 별자리를 더 구체적으로 알아보는 법도 배웠다.

재미있게도 공부를 하면 할수록 사수자리에는 의외의 면이 있었다. 사수자리는 많은 사람 앞에서는 말을 곧잘 하지만, 일대일 대화에서는 어려움을 느낀다. 한번 일을 시작하면 적토마처럼 달려나가지만, 무엇이든 시작하기를 어려워한다… 웃기지만 사수자리에 대한 설명을 읽으며 눈물을 흘린 적도 있다. 누군가로부터 깊이 이해받은 기분이었기 때문이다.

별자리를 믿고 안 믿고는 별로 중요하지 않았다. 열두 개의 별자리는 우리에 관한 다양한 이야기를 해주었다. 그중에는 내가 숨기고 싶은 비밀도, 얼굴이 화끈해질 정도의 진실도 있었다. 별자리를 공부하며 나는 인간을, 나를 공부하고 있었다. 나를 알게 되니 어느 정도 진실이었던 나의 소심한 면도 자연스럽게 받아들일 수 있게 되었다. 더 이상 부끄럽지 않았다.

그런 면에서 MBTI도 비슷한 게 아닐까 싶다. 어떻게 사람을 열여섯 가지 유형으로 나눌 수 있는지 의문을 제기하고, MBTI에 과하게 집착하는 모습을 비난하며 피로감을 호소하는 사람들도 꽤 있다. 그러나 나는 나와 주변 사람들을 이해해 보려는 시도로써 MBTI를 긍정적으로 바라본다. 나와 타인에 대한 무지로 인해 괴로운 우리에게, 비록 열여섯 개 유형뿐이지만 우리를 알게 해주는 지표는 반드시 필요하다.

나에게 특히나 흥미로운 MBTI인 INFJ의 이야기를 해보고 싶다. 친한 언니 중에 자신을 내어주면서까지 주변을 섬세하게 돕는 사람이 있다. 이렇게 주변을 살뜰히 챙기는 사람 중에는 단지 그런 자신의 모습을 좋아하는, 한마디로 자아도취적인 경향의 사람들이 있다. 그게 아니라면 상대방이 자신을 좋게 봐주길 바라면서 돕는 경우도 있다.

그런데 이 언니는 힘들어하면서도 늘 타인을 돕는 쪽의 선택을 하는 사람이라 나의 호기심을 자극했다. 이야기를 들어보면 돕는 상대를 특별히 좋아하는 것 같지도 않았다. 무척이나 존경하는 언니였지만 그런 면은 시간이 지나도 좀처럼 이해되지 않았다. 때때로 그런 언니의 모습이 답답하거나 바보 같기도 했으니까. 그런데

이 언니의 MBTI가 INFJ라는 걸 알고 비로소 이해되기 시작했다.

INFJ에 대해 조금 설명해 보자면, 이들은 N(직관)형 특유의 거시적인 관점을 가지고 있다. 거기에 공감을 잘하는 F(감정)형 기질이 합쳐지면서 인류애와 대의명분을 중시하는 성향이 굳어진 것이다. 게다가 J(판단)형은 대체로 자신의 가치관을 현실화하는 데에 관심이 많다. 결론적으로 언니는 발 벗고 나서서 주변 사람들을 도울 수밖에 없는 기질을 타고났던 거다. 그런데 가장 흥미로운 부분은 언니가 I(내향)형이라는 것이다. 분명한 가치관과 대의명분 때문에 타인을 돕기는 하지만 I형 특유의 개인주의를 지닌 언니는 생각보다 돕는 대상에 대한 애정이 없었다. 이런 INFJ 특유의 성향을 설명해 주자 언니는 말 그대로 파안대소를 하면서 이렇게 말했다.

"진짜 신기하다. 나 사람 좋아서 하는 일 정말 아니야. 그게 옳은 일이니까 하는 거지. 정확하네!"

삶의 어떤 순간들에 우리는 여지없이 외로울 테지만, 확실한 건 그때 자신을 잘 알지 못하는 사람이 더 깊은 외로움을 경험할 것이라는 사실이다. 나 스스로가 나를 잘 알아봐 주는 것만큼 마음 따뜻해지는 경험도 없다. 결국 외로움은 외면하고픈 내 모습을 부정할 때 더 강렬하게 느껴지니까. 외로움에 빠져 허우적대고 싶지 않다면 나의 익숙한 면, 의외인 면, 새로운 면, 좋아하는 면, 싫어하는 면을 모두 발견하고 꼼꼼히 뜯어보자. 나에 대한 무지가 스스로를 외롭게 만들지 않도록.

내 혈액형은 A형, 별자리는 사수자리다. MBTI는 ENTP와 INFP를 넘나든다. 나는 때때로 A형이나 INFP처럼 매우 소심하고, 때때로 사수자리처럼 제멋대로에 대범하다. 때로는 ENTP처럼 논쟁을 좋아하며 파격적인 시도를 하기도 한다. 그리고 이런 내 이중적인 모습에 괴로워하기도 한다. 이게 내가 아는 나다. 여전히 나는 나를 공부한다.

Q

나에게도
다정한 사람이 되자

채널 콘텐츠의 특성상 내 채널엔 온갖 상처를 떠안은 사람들이 찾아온다. 그들은 하나같이 어른스럽게 살아가려 애쓰지만, 여전히 깨지기 쉬운 어린아이의 마음을 지니고 있다. 그 부조화 속에서 그들은 항상 스스로 부족함을 느끼고, 언젠가 자신에게 생채기를 낸 사람과 비슷한 타입을 만나면 쉽게 무력감을 느낀다. 악순환이다. 끊임없이 그런 나를 타박하고 혐오하며 내가 또다시 누군가에게 상처를 주는 것은 아닌지, 자신에게 상처 줬던 사람들을 닮아가는 건 아닌지 두려워한다. 그렇게 자존감은 깎여나가기만 하는데, 삶의 갈피는 어떻게 잡아야 할지 몰라 두려워한다.

의외로 이런 사람들은 내게 위로 대신 '뼈 때리는 조언'을 바란다. 정신 좀 차리게 해달라며 말이다. 사람들은 안타깝게도 자기 자신에게 참 야박하다. 타인보다 나에게 엄격하고 냉정하며 칭찬에도 박하다. 한마디로 나 자신을 무조건적으로 사랑하지 못한다. 심지어는 자신을 끔찍이 사랑해 주는 사람들을 곁에 두고도 나는 사랑받을 자격이 없는 사람이라고 믿는다. 이런 마음은 곁에 있는 사람들을 바보 취급하는 것이다.

사람들은 왜인지 현상을 실재하는 것보다 나쁘게 본다. 물론 나 역시 그랬었다. 내가 해낸 것들은 모두 쓸데없고 의미 없는 것처럼 느껴졌다. '내가 했으면 남들도 다 할 수 있는 거지' 하는 생각도 자주 했다. 그러나 지금보다 나아지고 싶다면 이런 생각은 그만하는 것이 좋겠다. 우리에게 가장 필요한 건 스스로를 상처 내는 모진 말이나 나를 밑바닥으로 끌고 내려가는 자기 비하가 아니다. 지금 상황을 그저 냉정하게 파악하는 일이 중요하다. 스스로를 냉정하게 대하라는 게 아니다. 상황을 객관적이고 이성적인 시선으로 살피라는 것이다. 지금 잘하고 있는 것은 그저 잘하고 있다고, 지금 문제없는 것은 그저 문제없다고 생각해 보자.

"저는 쓰레기예요."

울먹거리는 목소리로 내게 고민 상담을 해온 학생이 있었다. 상황은 이러했다. 멀쩡히 입학했던 대학교를 자퇴한 후 뮤지컬을 하겠다면서 관련 입시 준비를 시작했는데 과외를 해주던 선생님이 과제도 안 해오고 기본적인 자기 관리도 안 되니 더 이상 못 가르치겠다며 자신을 버렸다는 것이다. 그는 자신의 인생이 망한 것 같다고 했다. 그러나 인생은 그렇게 쉽게 망하지 않는다. 인생은 내가 포기하고 놔버릴 때 진짜 망한다. 나는 그의 인생이 전혀 망하지 않았으며, 상황도 전혀 나빠 보이지 않는다고 말해주었다. 경제력 있는 부모님은 여전히 교육에 대한 지원을 해주고 있었고 건강이 나빠지지도 않았다. 상황은 전혀 나쁠 것 없었다. 게다가 그는 이십 대 초반이었다. 인생이 망했다고 비관하기에는 너무 어린 나이였다. 나는 차분히 왜 과제를 못 했는지 물었다.

"평소에 잠이 너무 쏟아져요. 과제를 하려고 마음먹어도 재능이 없다는 생각에 자괴감만 들어요."

"평소 일상은 어때요? 밥은 어떻게 챙겨 먹고 있어요?"

"혼자 자취 중이라 밥은 주로 배달 음식으로 먹어요. 밥 대신 과자 같은 걸로 간단히 먹을 때도 많고요."

"간식을 평소에 자주 먹어요?"

"밥을 먹어도 입이 심심해서 간식을 자주 먹는 편이에요."

문제는 간단했다. 첫째로 남과 나를 비교하기만 하면서 내 재능을 전혀 키우지 못하고 있는 것. 둘째로 건강한 생활 습관이 전혀 잡혀 있지 않은 것. 이 두 가지뿐, 그에게 인생이 망할 정도의 다른 문제는 없었다.

나는 그에게 잠을 제때 자고 하루 한 끼라도 제대로 챙겨 먹을 것을 강조했다. 요리를 직접 하지 못한다면 건강한 음식을 사 먹으라고 음식점 리스트를 만들어주기도 했다. 그리고 무엇보다 중요한 건 개인 과외를 거절당한 일을 너무 깊게 받아들이지 않는 것이었다. 더 오래 그 기억을 곱씹을 필요는 없었다. 그저 나를 더 잘 이끌어줄 수 있는 다른 선생님을 찾거나 학원을 다니면 되는 일이었다.

"처음 뮤지컬을 해보고 싶다고 생각한 건 할 수 있겠다는 생각이 들어서가 아닌가요? 이깟 일에 두려워 말고 더 많이 연습하고 더 많이 배워요. 그래야 이 길을 계속 가도 좋을지, 그만두고 다른 일에 도전해야 할지 답이 나올 거예요. 그만두는 일에도 큰 용기가 필요해요. 그만둘 줄 알아야 다른 문도 열리죠. 그게 실패든 성공이든 경험한 건 몸과 마음에 남아요. 시간 낭비라고 생각하지 말고, 다른 사람들이랑 비교하지 말고 그냥 열심히 해봐요."

얼마 지나지 않아 그는 새로운 학원에 다니기 시작했고 본인만의 건강한 생활 습관도 만들었다. 그러자 나에게 오던 연락도 뜸해졌다. 나를 더 이상 찾지 않는 건 좋은 사인이었다. 상황이 나아지고 있다는 뜻이니까. 그가 언젠가 뮤지컬 무대에 선 모습을 꼭 보고 싶다. 물론 뮤지컬 무대가 아니어도 좋을 테지만.

억지스러운 자기 독려를 하라는 건 아니다. 정말 '냉정한' 시선으로 봐도 당신은 잘 해내고 있다.

모두의 마음속에 살고 있는 어느 아이에 관해서도 이야기하고 싶다. 이 아이는 우리가 좌절하거나 힘들어할 때면 어김없이 나타나 이런 말을 속삭이곤 한다.

"역시 넌 안 돼. 늘 그래왔잖아?"

"예전에도 도전했다가 실패한 경험이 있잖아. 왜 안 될 걸 알면서 또 하려고 해?"

"너무 무서워. 난 이걸 해내기엔 너무 어려."

세상에 좋은 일만 겪는 사람은 없듯이 늘 나쁜 일만 겪는 사람도 없다. 하루에도 수십 번의 성공과 실패를 반복하는 것이 우리 인생이다. 가난한 어린 시절을 보냈다고 해서 평생 가난한 것도, 한 번 떨어진 시험이라고 해서 평생 붙을 수 없는 것도 아니다. 중요한 건 내가 과거의 나와 지금의 나를 얼마나 똑똑하게 분리하고 있는지다.

시간의 흐름을 받아들이는 지혜가 필요하다. '그때는 맞고 지금은 틀리다'라는 말의 의미를 제대로 곱씹을 필요가 있다. 그때의 당신과 지금의 당신은 정말로 다르다. 그 사실만을 마음속 깊이 받아들여야 한다. 나의 가장 든든한 백은 언제나 나다.

꿀잠 처방전

나 이대로 괜찮은 걸까?

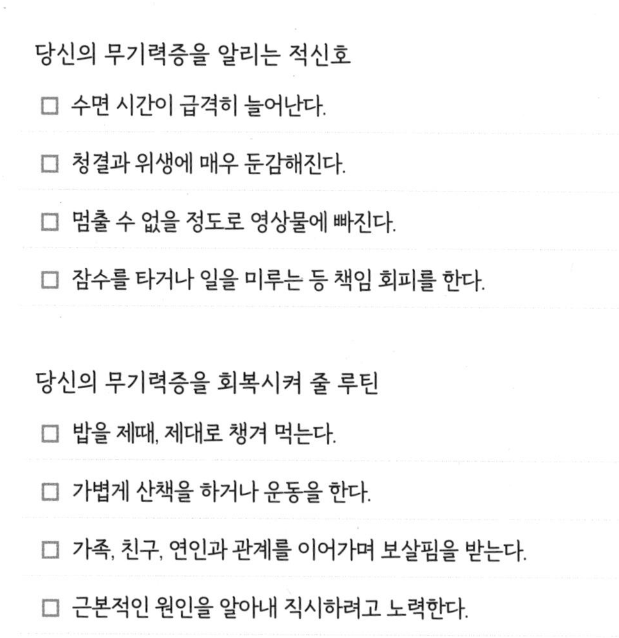

당신의 무기력증을 알리는 적신호

- ☐ 수면 시간이 급격히 늘어난다.
- ☐ 청결과 위생에 매우 둔감해진다.
- ☐ 멈출 수 없을 정도로 영상물에 빠진다.
- ☐ 잠수를 타거나 일을 미루는 등 책임 회피를 한다.

당신의 무기력증을 회복시켜 줄 루틴

- ☐ 밥을 제때, 제대로 챙겨 먹는다.
- ☐ 가볍게 산책을 하거나 운동을 한다.
- ☐ 가족, 친구, 연인과 관계를 이어가며 보살핌을 받는다.
- ☐ 근본적인 원인을 알아내 직시하려고 노력한다.

2장

나를 괴롭혔던 건 너일까? 나일까?

인생을 스치는 조언들에 흔들리는 너에게

인간관계를 소중하게 여기되

너무 심각해지지는 않았으면 한다.

사람들과 만족스러운 관계를 맺는 유일한 방법이 있다면

언제나 '나'를 1순위에 두는 것이다.

이기적인 사람이 되라는 게 아니다.

그저 나부터 중심을 잡은 뒤 단단해진 땅에서

관계의 씨앗을 뿌리라는 거다.

Q

한번 물어보는 것도 나쁘지 않습니다

나는 한때 자주 피해의식에 사로잡히는 사람이었다. 나와 비슷한 고민을 토로해 기억에 남는 구독자가 있다. 누군가 자기 자랑을 하거나 자신과 의견을 달리하면 무시당하는 것처럼 느껴지는데, 심지어는 누군가 애정 어린 조언을 해주는 순간에도 그런 기분이 든다는 것이었다. 스스로도 상대방의 의도가 나쁠 리 없다고 생각하지만, 그런 느낌을 지울 수 없어서 사람 만나는 걸 피하게 되어 혼자 보내는 시간이 많아졌다고도 했다. 나 역시 그런 시절이 있었다.

'김 대리님은 아까 내가 보낸 그 문자에 왜 답장을 안 하시지? 나를 무시하시는 건가?'

'과장님은 왜 매번 내 의견에 초를 치시지? 내가 뭘 실수했나?'

'걔는 나한테 왜 그런 조언을 한 거지… 내가 만만한가. 어련히 알아서 할 텐데 기분 나쁘네.'

자려고 누우면 어김없이 이런저런 기분 나쁜 생각들이 나를 삼켜버리곤 했다. 그래서 나는 매일 밤 이불을 뻥뻥 걷어차며 괴로워하다가 잠들곤 했다. 그 후로도 꽤 시간이 흐른 어느 날, 나는 문득 내가 그들의 생각과 기분을 늘 지레짐작하고 있다는 사실을 깨달았다. 나의 문자에 답이 없던 김 대리님은 다음 날 내 자리로 직접 찾아와 답을 해줬고, 내 의견에 반대했던 과장님은 이후에 있었던 회식 자리에서 이번에 내가 맡은 프로젝트가 진심으로 잘되기를 바란다고 말해줬다. **내가 이불킥을 하게 만들었던 사람 중 대다수는 내게 악감정이 없었다. 나만이 매번 그들을 오해하고 있었을 뿐이었다.**

그 사실을 깨닫고 난 후, 나는 이런 나의 병적인 지레짐작이 예전에 인상 깊게 경험한 과거의 어떤 사건 때문이 아닐까 하며 되돌아보게 되었다. 반복적으로 일깨워지는 어떤 감정 때문에 힘들다면 과거에 느꼈던 감정이 뇌리에 깊게 박혀버렸을 가능성이 크다. 나에게 고민을 털어놓았던 구독자도 과거의 어떤 순간에 실제로 무시당했던 경험이 있어 그때의 모멸감이 사진처럼 찍혀버렸을 가능성이 있다. 한번 인지된 감정은 조금만 비슷한 상황에서도 반복되어 재생되곤 하니까.

불쾌하고 두려운 기억이 행복하고 감동적인 기억보다 더 생생하게 기억되는 이유는 뇌의 편도체가 해마를 자극해 그 기억을 단기 기억에서 장기 기억으로 넘기기 때문이라고 한다. 이는 생존율을 떨어뜨리는 위협에 적절히 반응하기 위함이다. 그렇게 생존에 유리해진 만큼 우리는 일상에서 더 자주 위협을 인지하게 되었다. 상황과 사람을 위협으로 인지하는 순간이 잦아지면서 자주 불안에 시달린다. 기억을 돌이켜 보니 나 역시 비슷한 경험을 한 적이 있었다.

나에게는 어린 시절 따돌림을 당했던 경험이 있었다. 고등학생이 되면서는 다행히 교우 관계가 좋아져 잊고 지냈지만, 뇌리에 깊게 박힌 그때의 기억이 성인이 되어서도 문득문득 떠오르곤 했다. 단체로 술을 마실 때면 근거 없이 사람들이 나를 소외시키는 느낌이 들었고, 무리 지어 이동하다가 혼자가 되기라도 하면 이유 없이 '사람들이 나를 싫어하나?' 하는 생각이 빼꼼히 고개를 들곤 했다. 그런 피해의식이 한번 생겨나기 시작하자 걷잡을 수 없었다. 끊임없이 사람들의 눈치를 보게 되었고, 가끔은 분노도 치밀어 올라 스트레스는 극에 달했다. 밤마다 오늘 하루 있었던 일들을 곱씹느라 괴로웠다.

이쯤 되면 내가 어떻게 이 상황들을 견뎌냈는지

궁금할 테지만, 특별한 비법 같은 게 있을 리는 만무하니 그저 내 경험담을 이야기해 보려고 한다. 언젠가의 점심 시간이었다. 나를 두고 점심 메뉴를 고민하는 동료들 이야기를 듣다가 또다시 분노가 치밀어 오르기 시작했다. 그보다 앞선 감정은 정확히 서운함이었다. 그 순간 생각할 틈도 없이 내 입이 저절로 움직였다.

"나만 두고 밥 먹으러 가려는 거야? 나 기분이 조금 나빠."

어디서 그런 용기가 났는지는 아직도 모르겠지만 아마도 그간 쌓아온 힘듦이 건강한 방향으로 터져 나온 게 아니었을까 싶다. 내가 말하고도 참 유치하게 느껴져 나는 곧이어 두 눈을 질끈 감았다. 그런데 놀랍게도 그 유치한 이야기를 들은 사람들의 반응은 전혀 예상 밖이었다.

"그것 때문에 기분 나빴던 거야? 네가 요즘 계속

기분이 안 좋아 보여서 말 걸기가 힘들었어."

사람들은 따뜻하게 나를 위로해 주었고 오해도 말끔히 풀렸다. 그 일이 있고 난 후부터는 놀랍게도 상황이 변했다. 그들이 나를 배려해 준 부분도 물론 있었겠지만, 사람들이 따로 밥을 먹으러 가도 내 마음에 아무런 동요가 일지 않았다. 분명 같은 상황이었지만 내가 느끼는 감정은 달랐다.

그러니 누군가가 날 무시하는 것 같아서 자주 모멸감이 든다면, 가장 먼저 내가 과거의 트라우마 때문에 타인의 행동을 민감하게 받아들였을 가능성부터 생각해 봐야 한다. 그래도 감정이 풀리지 않는다면 터놓고 물어봐도 좋다.

"네가 날 무시하는 것처럼 느껴지는데 내가 지금 오해하는 거야?"

아마도 대부분 아니라며 오해를 풀기 위해 노력

하거나 그렇게 생각했다니 서운하다며 이야기를 이어갈 것이다. 그때 그렇다고 말하는 사람은 기본적인 도리가 없는 사람이니 그 순간 멀어질 결심을 해도 좋다. 중요한 건 내가 내 감정을 제때, 제대로 표현했다는 거다. 그렇게 내 감정을 입 밖으로 내뱉으면 부정적 감정의 잔불을 미리 잡을 수 있고 나중에 엉뚱한 데서 감정이 폭발하는 것도 막을 수 있다.

특정한 상황에서 계속 부정적 감정을 경험하고 있다면, 내가 어떻게 해야 긴장이 풀리고 어느 정도 진정할 수 있는지를 평소에 잘 파악해 두려고 노력해야 한다. 나는 인간관계에서 이따금 부정적 감정이 왈칵 쏟아지려 할 때면 벌떡 일어나 잠깐이라도 산책을 하고 오거나 미뤄둔 집안일을 한다. 별것 아닌 듯한 사소한 노력으로 마음의 파동은 생각보다 쉽게 가라앉는다. 그렇게 마음을 진정시킨 후 좀 전의 상황을 다시 짚어보는 거다. 그러고 나면 상대방 입장까지 고려해서 내 감정을 똑똑하게 표현할 수 있다. 내가 편안해 보이기에 사람들이 다가오기도 훨씬 쉽다. 그렇게 되면 굳이 내가 먼저 나서지 않더라도 상대방이 먼저 갈등을 풀기 위해 다가와 주어, 비로소 영양가 있는 대화를 나누게 될 수도 있다.

불쑥불쑥 치밀어 오르는 감정 때문에 어려움을 겪고 있는 사람들에게 무엇보다 중요한 것은, 내가 내 감정을 알아차리고 다스린 후 상대방에게 표현하고 사람들과 대화하는 과정 그 자체다. 이런 시도로 긍정적인 경험이 하나씩 쌓이다 보면 타인의 의도를 확대해석해서 의심을 품고 눈치를 보는 일도 점점 줄어들 것이다. 당신 주변에 생각보다 좋은 사람이 많다는 사실을 늘 염두에 두면 어떨까? 그들에게서 소리 없이 멀어지기 전에 한 번 물어보는 것도 나쁘지 않다.

"혹시 내가 잘못 생각하고 있는 걸까요?"

당신 주변에 생각보다
좋은 사람이 많다는 사실을
늘 염두에 두면 어떨까?

Q

내 주변의 에너지 뱀파이어들

흔히 젊어서 많은 사람을 경험해 봐야 한다고들 말한다. 연애 많이 해본 사람이 결혼도 잘한다고 말이다. 우리가 이와 비슷한 이야기를 귀에 딱지가 앉을 정도로 많이 듣는 이유는, 많은 사람을 만나봐야 나에게 두고두고 도움이 될 재산 같은 사람들을 만날 기회 또한 늘기 때문이다. 마찬가지로 내가 두고두고 멀리해야 할 사람의 유형을 알게 되기 때문이다.

특히 더 중요한 건 후자다. 나에게 해만 끼치는 인간관계를 끊는 것만으로도 그 인생은 성공했다고 볼 수 있다. 나는 이렇듯 두고두고 멀리해야 할 사람들을 '에너지 뱀파이어' 유형의 인간들이라고 정의한다. 이런 사람들은 뱀파이어처럼 나도 모르는 새 우리의 피를 빨아먹기 때문이다. 한때 잠 못 드는 나의 새벽에 꽤 높은 비중을 차지했다.

1. '답정너'라 불리는 사람들

첫 번째 뱀파이어는 '답은 정해져 있으니 너는 대답만 해'라는 식의 화법을 구사하는 사람이다. 이런 사람을 알아보는 건 사실 식은 죽 먹기다. 잠깐만 대화를 나눠봐도 곧 알게 될 것이다. 무슨 주제의 이야기든 결국 자기가 하고 싶은 이야기만 할 테니까.

물론 사람은 나이가 들면서 점점 본인이 하고 싶은 이야기만 하는 경우가 늘어나기 마련이다. 자연스러운 모습이니 본인이 하고 싶은 말을 늘어놓는 모두를 멀리할 필요는 없다. 그런데 이런 대화법이 확실히 타인의 에너지를 앗아가는 경우가 있다. 바로 상대방이 자신을 '내가 원하는 이미지'로 봐주길 바라며 자기 이야기를 늘어놓는 경우다.

내가 한때 알고 지냈던 지인은 '나는 참 사랑받는 사람'이라는 식으로 모든 이야기를 시작하곤 했다. 자신이 얼마나 공주처럼 자랐고, 주변 사람들이 자신을 얼마나 예뻐해 줬는지에 관한 이야기가 대화의 8할이었다. 이야기의 끝은 '그래서 난 참 복 받았다!'였다. 백번 양보해 뫼비우스의 띠 같은 그 이야기를 들어줄 수는 있었지만 나에게 공감의 말을 원하던 그 눈빛까지는 도저히 참기 힘들었다. 립서비스는 유료다. 확실히 나에게 이득이 되는 경우에만 속마음과 다른 이야기도 할 수 있는 것 아닌가. 상대방 비위 맞추겠다고 그가 정해둔 답을 척척 내놓는 자판기가 될 수는 없는 노릇이다. 원하는 답이 나오지 않을 때마다 진짜 자판기 발로 차듯 나를 뻥뻥 찰 수도 있지 않나. 그들은 자판기에 돈을 넣은 적도 없으면서 말이다.

2. 무조건 '내 편'이길 바라는 사람들

이보다 더 받아주기 힘든 유형은 본인을 피해자 프레임에 가두고 무조건 "네가 불쌍하다. 널 해친 그 사람이 나쁜 거야!"라는 말을 듣고 싶어 하는 이들이다. 이런 유형은 자주 고민 상담을 해오는데, 고민의 핵심은 '나를 괴롭히는 나쁜 사람들'이다. 물론 세상에는 정말 나쁜 사람들이 많다. 나랑 안 맞는 사람도 차고 넘친다. 그러나 이 유형의 고민을 찬찬히 해부하다 보면 결국 스스로 상황을 해결해 나가야 하는 것으로 결론이 날 때가 많다. 당사자가 상황을 받아들이거나, 결단을 내리고 행동해야만 결론이 나는 것이다. 문제는 이때부터다.

이 유형의 사람들은 문제의 원인과 지금 상황을 합리적으로 분석한 다음 성공적인 해결책을 구할 생각이 없다. 그저 상대방이 자신을 위로해 주고 자기가 '나쁜 사람'이라고 생각하는 사람만을 욕해주길 바란다. 본인이 상황을 개선할 의지도, 용기도 없기 때문에 주변에서 아무리 위로해 주고 응원해 줘도 결국 등장인물만 다른 똑같은 고민이 계속해서 등장한다.

안타깝게도 세상에는 내 기분의 책임을 남에게 덮어씌우는 사람이 많다. 이런 에너지 뱀파이어들에게 붙잡혀 '감정 쓰레기통'이 되는 일만큼은 피해야 한다. 상대방을 감정 쓰레기통으로 생각하는 사람들은 본인이 원하는 말을 상대가 해주지 않는 순간, 자신을 상처 입힌 가해자들과 동일시하면서 이유 없는 적개심을 드러낸다. 단순히 나의 에너지를 앗아갈 뿐만 아니라 나에게 심각한 상해를 가할 수도 있는 유형의 사람들이라 경계해야 하는 것이다.

'나는 상처받았으니 네가 이해해 줘야 해!'라는 태도의 이면에는 자기 정당화가 있다. 이들은 이기적이게도 자신의 아픔에만 깊이 공감하기 때문에, 이따금씩 자신을 지켜야 한다는 명목으로 타인에게 가하는 폭력을 정당화한다.

나는 이런 사람들을 여럿 겪어봤다. 그래서인지 이제는 만난 지 얼마 되지 않았는데도 자신의 아픔이나 트라우마를 적나라하게 펼쳐놓는 사람들을 일단 경계하고 본다. 상처는 클수록 꺼내기 힘든 것이다. 그만큼 아프기 마련이니까. 그리고 때로는 그 상처가 자신의 약점이 될 수도 있기에 더더욱 그렇다. 그래서 나는 할 말과 하지 않을 말, 해야 될 때와 장소를 구분하고, 내 안에서 아픔을 먼저 성숙하게 끌어안은 후 소중한 사람들에게 조심스럽게 꺼내 보이는 이들을 사랑한다. 그런 이들의 곁에서 오래도록 이야기를 들어주고 싶다.

3. 만인을 '혐오'하는 사람들

마지막으로 멀리해야 할 에너지 뱀파이어는 이분법적 사고로 혐오 표현을 일삼는 사람들이다. 주로 유튜브나 인터넷 커뮤니티 댓글에서 발견할 수 있는데, 사실 나는 이런 사람들이 '답정너' 유형의 진화된 모습이라고 생각한다. 무조건적인 인정과 위로를 바라던 이들이 타인의 인정과 공감을 기다릴 것도 없이 '내가 옳다'는 합리화를 시작하면 자기 생각을 토대로 이분법적으로 선과 악을 나눈다. 나와 다른 의견인 사람을 무턱대고 공격하는 것을 넘어서 마녀사냥까지 서슴지 않는다.

고백하자면 나도 한때 특정 여론이나 정치 성향에 휩쓸려 반대 의견에 반감과 혐오를 느낀 적이 있다. 그리고 그 반감과 혐오의 감정이 가족이나 친구처럼 가까운 상대를 향한 적도 있다. 그저 나와 생각이 다르다는 이유 하나만으로 내가 힘들 때 가장 힘이 되어주었던 소중한 이들을 적대적으로 여겼던 거다. 그때를 생각하면 여전히 아찔하다. 그때의 나는 한 가지 생각에 매몰되어 오프라인보다 온라인에 머무는 시간이 길었다. 나와 같은 생각인 이들과 온라인에서 보내는 시간에 소중한 에너지를 쏟아부었다. 나를 구원할 '진짜 인간관계'는 외면한 채로 그저 서로에게 따봉만을 날려주는 '가짜 인간관계'에 진심이었다. 지금 떠올려 보면 흑역사도 이런 흑역

사가 없다.

총성 없는 전쟁터 같은 인생에서 한쪽 편만 들며 상대를 비난하고 혐오하는 것은 생존에 아무런 도움이 되지 못한다. 이럴 때일수록 이성적이고 유연한 사고, 그리고 침착함이 필요하다. 무턱대고 한쪽 편만 들며 혐오 행위를 일삼는 사람은 제 발등에 도끼를 찍는 것과 다름없다.

물론 온라인에서 혐오 표현에 자주 노출되다 보면 나도 모르게 나와 생각이 다른 사람을 적대시하고 대상화하면서 그들에게 폭력적인 모습을 보이게 된다. 이런 일상을 반복하면 현실에서조차 타인을 자신의 이념에 따라 이중적 잣대로 판단하고, 자신과 생각이 다른 사람들을 공격하면서 방어적인 인간관계를 꾸리게 된다. 그리고 결국에는 고립된다.

특히 온라인에서 많이 만나게 되는 극단적 성향

의 사람들은 서로에게 알량한 소속감과 친밀감을 느낀다. 누군가를 함께 공격할 때 쾌감마저 경험한다. 이런 극단적인 태도를 한 번 체화하면 그 영향력은 현실에서도 지속된다. 현실은 온라인 세상과 다르다는 사실을 기억하자. 극단적인 태도는 현실 세계의 인간관계에서 번번이 갈등을 일으키며, 스스로에게도 스트레스가 될 뿐이다.

그렇지만 누구든 위에서 말한 유형들을 한눈에 알아보려고는 하지 않았으면 좋겠다. 인간관계는 결국 경험치다. 이런저런 유형의 다양한 사람들을 만나 좋은 경험이든 나쁜 경험이든 경험치가 쌓이면 분명 당신만의 '촉'이 생길 것이다. **다양한 인간관계를 경험하기 위한 열린 마음이 가장 중요하다.**

특히 이십 대나 삼십 대에 골라 사귄 인간관계는 말 그대로 '그 나물에 그 밥'이 되어버리기 십상이니까. 그렇게 평생 폐쇄된 인간관계 안에서 답답함을 느끼며 살 수도 있다. 일단 겪어보자. 아니다 싶을 때 멀어지면 된다. 지레 겁먹는 것보다 바보 같은 짓은 없다.

Q

손절이 답이 될 수는 없어요

주식 투자에서 쓰이는 은어로, '손해를 보더라도 적당한 시점에서 끊어낸다(매도한다)'는 뜻을 가진 '손절매'라는 말이 있다. 최근 이 용어는 일상생활에서 '인간관계를 끊어낸다'라는 의미의 '손절'로 사용되고 있는데, 나에게도 이렇게 손절한 사람이 (무려) 세 명이나 있다. 그들을 내가 손절한 데는 분명한 이유가 있었다. 물론 그 이유를 여기서 구구절절 설명하고 싶지는 않다. 그렇지만 결론적으로 그 손절은 나에게 꼭 필요한 일이었다. 후회한 적도 없다. 손절 이후에 나는 오히려 후련한 마음마저 들었다.

물론 가끔 불편한 때도 있긴 했다. 그들과 겹치는 인간관계가 있었기 때문이다. 지인의 전시회나 결혼식 따위에서 나는 종종 그들을 마주치곤 했다. 그럴 때마다 나는 어색한 인사 후 모양 빠지게 그들을 열심히 피해 다닐 수밖에 없었다. 세상이 얼마나 좁은지 그때서야 비로소 실감했다.

열정 넘치던 시기의 나는 인간관계에서 손절이 필요하다면 가차 없어야 한다고 생각했다. 무 자르듯 딱딱 관계를 정의하고 끊어내는 이들이 멋있어 보이기도 했다. 특히 단호하지 않으면 영원히 끊어지지 않을 것만 같은 인연들 앞에서 나는 더더욱 냉정한 손절의 필요성을 느끼곤 했다. 그들은 늘 실날같은 인연의 끈을 쥐고 나를 자신들 쪽으로 당기려 했기 때문이다. **그들을 내치기 위해 나는 손절을 최후의 보루 대신 인간관계에서의 간**

편한 치트 키 정도로 사용했다. 세상에는 아주 작은 틈이라도 보여서는 안 되는 상황이 있다고 믿었다.

그러나 역시 세상은 생각보다 더 좁았다. 내가 연을 끊은 인물 중 한 명이 뒤에서 내 이야기를 생각보다 많이 하고 다닌다는 것을 알게 된 것이다. 그 사람이 시도 때도 없이 내 이야기를 해댄 덕분에, 그와 나를 둘러싼 이런저런 소문은 금세 내 귀까지 들어왔다. 하루는 그를 알던 내 친한 친구가 전화를 걸어와 이렇게 말했다.

"언니, 그 사람이랑 무슨 일 있어? 나한테 연락을 했길래 들어보니까 언니가 뭔가 오해한 부분이 있는 것 같더라고. 아무리 그래도 일방적으로 연락을 끊지는 말고 만나서 얘기나 들어보는 건 어때?"

아차 싶었다. 나는 이미 주변 사람들에게 '혼자 오해해 놓고 해명의 기회조차 주지 않는 냉혈한'이 되어 있었다. 내가 칼같이 손절한 이들이 뒤에서 내 평판을 교묘하게 뒤집을 수도 있다는 생각을 하지 못한 것이다. 물론 사람들이 나를 어떻게 생각하는지만 신경 쓰면서 살 수는 없는 노릇이다. 그러나 누군가 나에 대해 나쁜 의도로 이러쿵저러쿵 떠들 빌미를 제공할 필요까지는 없지 않은가. 당장 눈앞의 싫은 사람을 손절하려다 소중한 주변 사람들에게 오해를 받고 손절 전보다 더 많은 고민으로 밤을 지새우게 될 수도 있다.

인간관계에서의 거리 조절은 단호하되 고요해야 한다. 상대에게 "나 너와 멀어질 거야!"라고 경고할 필요도, 공표할 필요도 없다. 내가 그와 멀어지고 싶다는 사실은 누구에게도 알릴 필요가 없다. 멀어지고 싶은 상대를 일부러 적으로 만들려는 게 아니라면 말이다. 살다 보면 만들고 싶지 않아도 적이 생기는데, 뭐 하러 발 벗고 나서서 적을 만들어야 하느냐 말이다.

상대와 거리 둘 것을 공식적으로 선포(?)하는 사람들은 대부분 인간관계를 0 아니면 10으로 생각하는 경우가 많다. 아니다 싶으면 처음부터 철벽을 치고, '내 사람이다!' 싶으면 있는 것 없는 것 생각 않고 다 퍼주는 식이다. 그러다가 상대방이 나와 마음의 정도가 다르다고 생각하는 순간 실망하고 억울함을 쌓다가, 감정적인 상태에서 "나 너랑 손절할 거야!"를 외치는 것이다.

이 과정이 반복되면 좋을 게 없다. 사람에 대한 편견이 생기고, 처음 보는 사람에게 치는 철벽도 두꺼워지며, 심하면 인간 자체에 대한 불신이 생기기도 한다. 상대방이 나를 조금이라도 서운하게 만들면 '봐! 역시 사람을 믿으면 안 돼!'라고 생각하게 되고, 피하게 되고 스스로를 과잉보호하게 된다. 이런 악순환에 빠져 손절을 일삼는 사람은 적이 많아질 수밖에 없다.

이런 악순환에서 벗어나려면 어떻게 해야 할까? 가장 먼저 인간관계를 '0 또는 10'에서 '0부터 10까지'로 생각하는 것이 중요하다. 이분법적으로 적군과 아군을 나누지 말고, 이럴 때는 나와 생각이 다르지만 저럴 때는 나와 함께할 사람, 이럴 때는 나에게 우호적이지만 저럴 때는 자신의 이익을 따를 사람 정도로만 구분하자는 것이다. 무엇보다 먼저 나 또한 누군가의 절대적 아군 혹은 적군이 아니라는 사실을 인지해야 한다.

이렇게 생각하면 당연하게도 10만큼 소중한 사람은 귀할 것이다. 아마도 가족이나 연인 정도가 아닐까. 사실 그들 중에도 10만큼 귀한 사람이 없을 수 있다. 그만큼 누군가의 소중한 이가 되기란 쉽지 않다. 그런데 어떤 사람들은 자신이 모든 사람을 10만큼 귀하게 대한다고 착각한다. 그러니 자신도 모두에게 사랑과 인정을 받아야 한다고 여긴다. 그렇게 생각하는 자신 또한 까다롭게 사람들을 평가하고 점수 매기고 있다는 사실은 알아차리지 못한 채.

당신도 사람을 가린다. 당신에게 소중한 사람이 그리 많지 않듯이 다른 사람들도 당연히 그러하다. 내가 모든 사람을 10만큼 소중히 대하고 있다는 착각에서만 벗어나도, 상대방을 향한 내 노력이 그만큼의 인정과 애정으로 돌아오지 않았을 때 느끼는 어마어마한 좌절감과 배신감으로부터 자유로워진다.

인간관계는 생각보다 숭고하거나 희생적인 무언가가 아니다. 그러니 평소 주변 사람들을 존중하고 정직하게 대하려고 노력하되, 그 사람들 또한 각자의 가치관과 의지에 따라 움직인다는 사실을 염두에 두자. 이런 관계 안에서 우리는 비로소 윈윈할 수 있다. 그래야만 서로 간에 적절한 거리가 생겨 유연한 인간관계를 오래도록 지속할 수 있을 것이다. 모 아니면 도 같은 식의 인간관계는 안정적으로 유지하기 어렵다.

거의 유일하게 10만큼의 점수를 매길 수 있을 법한 인간관계인 가족조차도 거리 조절을 할 수 있어야 좋은 관계를 유지한다. 적당한 거리를 찾지 못한 관계는 끝끝내 극단적으로 멀어질 수밖에 없다. 그렇다면 적정한 거리는 무엇으로 조절할 수 있을까?

나와 타인의 거리는 내 '입장'이 분명할 때 제대로 조절할 수 있다. 내가 무엇을 원하고 원하지 않는지, 내가 가진 것은 무엇이고 가지지 못한 것은 또 무엇인지, 내가 줄 수 있는 것과 줄 수 없는 것은 무엇인지를 객관적으로 파악하는 게 '입장'이다. 생각보다 많은 사람이 자신의 입장을 제대로 파악하지 못해 사람들과 적당한 거리를 두지 못한다.

내 입장을 제대로 파악하는 사람들은 타인의 입장도 잘 파악한다. 그래서 서로 합의점을 찾는 것에 훨씬 능하며, 멀어지게 되었을 때도 서운함이나 배신감을 느끼는 정도가 낮다. 나를 이해해 주지 못하는 것이 아니라 입장이 다를 뿐이라고 생각하면 훨씬 관용적인 태도로 상대방을 대할 수 있다. 선을 잘 유지하면서 지낼 수 있다. 우리는 좋은 의미에서 조금 더 정치적일 필요가 있다. 그건 나쁜 게 아니다.

인간관계를 소중하게 여기되 너무 심각하게 생각

하지 않았으면 좋겠다. 시간을 충분히 두고 우리의 관계가 0부터 10 중 어디에 위치할지 지켜보는 여유를 한 번 더 가져보자.

꼭 내 사람이 아니어도 괜찮잖아

우리나라는 여러모로 관계 지향적이다. 밥 먹으러 간 식당의 점원을 '이모'라 부르고, 회식 자리에서 친해진 동료에게 '형님' 소리를 하기도 한다. 이제는 의미가 조금 퇴색된 '가족 같은 분위기'라는 말은 몇 해 전까지만 해도 혈연관계만큼 가깝고 막역하다는 뜻에서 긍정적으로 받아들여지곤 했다.

나도 한때 친한 언니나 친구들로부터 가족에게도 받지 못했던 큰 도움을 받았던 적이 있다. 그리하여 친한 언니의 남편을 '형부'라고, 친한 친구나 동생의 남편을 '제부'라고 부르기도 했다. 그때의 나는 정말로 그 사람들을 형부나 제부처럼 가깝게 여겼던 걸까? 그렇다기보다는 그런 표현을 쓰면 사람들과의 친밀도를 높인다는 것을 무의식적으로 알고 있었다.

우리나라처럼 인간관계에서 서로에 대한 기대치가 높은 곳도 많이 없을 거다. 가족에게 기대할 법한 것(가족에게도 무리한 요구일 수 있다)을 타인에게 기대하는 일이 가능하고, 기대받는 사람들도 부응하기 위해 노력한다. 우리나라의 이른바 '눈치' 문화는 인간관계에서 가족과 다를 바 없는 역할을 제대로 수행하기 위해 존재하는 것만 같다. 눈빛만 봐도 상대의 가려운 곳을 긁어주고 물심양면으로 챙겨주는 가족처럼 일도 함께, 노는 것도 함께하는 게 정상인 것처럼 자라왔다.

그래서인지 '신뢰할 만한 사람'에 대한 허들이 우리나라는 유독 높다. 가족 같은 관계에서 본인의 역할을 충실히 해내는 것만으로는 부족하다. 어느새 '내 뒤통수를 치며 배신하지 않을 것'이라는 보증까지 필요해진다. 우리는 그 허들을 그 이름도 친숙한 '혈연', '지연', '학연'이라고 부른다. 그 힘이 예전만큼 강력하지는 않지만, 우리는 여전히 한 사람의 신뢰도를 측정하는 지표로 이 세 가지를 자주 활용한다. 일단 이 허들을 넘고 나면 "우리 평생 가는 거야!"라고 외치게 되는 것이다. 우리는 절대 서로를 배신하지 않을 가족 같은 사이니까.

그러나 나는 한편으로 사람들이 신뢰할 만한 사람에 대한 제대로 된 기준을 가지고 있지 않기 때문에 말도 안 되는 기준들을 앞세우는 거라고 생각한다. 그만큼 내 집단에 속하지 않는 타인에 대한 배척도 심하다. 사람을 제대로 판단하는 방법을 몰라 타인에 대한 불신이 커지자 거기서 오는 불안이 가족 같은 관계에 대한 환상으로 이어진 건 아닐까? 가족이라는 이름으로 서로를 묶어두고 무리

한 역할 놀이를 강요하는 건 아닐까?

안타깝게도 내 재산을 탈탈 털어 도망간 그 사기꾼은 엄격한 심사를 거쳐 이른바 '내 사람'이 되었던 지인일 가능성이 크다. 우리가 만들어놓은 견고한 허들 덕에 사기꾼들은 '온전히 믿을 만한 상대'에 대한 결핍과 갈망을 더 능수능란하게 이용할 수 있게 되었다. 돌이켜보면 "나에게 가장 큰 상처를 줬던 건 가족과 다름없이 가까웠던 사람들이야"라고 말해오던 이들이 꽤 많았다.

물론 뼛속까지 한국인인 나는 정도 좋고 관계주의도 좋다. 내가 지금 '언니', '동생', '친구'라고 부르는 사람들이 진짜 가족보다 더 가족 같을 때도 많다. 그러나 내가 정말 가깝다고 생각하는 사람들은 "우리가 남이가!" 해가며 친목질을 통해 쌓은 관계가 아니다. 나는 그들을 오랜 시간 지켜봐 왔다. 그들은 내가 기쁠 때나 슬플 때나 한결같았다. 생각이 다른 부분은 서로 존중해 주고, 생각이 같은 부분은 인정해 줬기에 가능한 관계였다. 반드시 '내 사람'이 되어야 끈끈해지는 관계란 없다. 어떤 관계든 우리에게는 그저 얼마간의 시간이 필요할 뿐이다.

한때 나는 인간관계를 넓히는 데 온 정신이 팔려 있었다. 그러다 보니 자연스럽게 학창시절부터 내 곁에 있어 준 오래된 친구들과의 관계는 소원해졌다. 그들이 새로 사귄 친구들만큼 날 알아주고 이해해 주지는 못한다고 생각했다. 그 무렵 나는 유튜브 구독자를 늘려가며 매체 인터뷰를 하고 책 출간을 준비하고 있었는데, 왜인지 나의 오래된 친구들은 이런 나를 이해할 수 없다고 생각했다. 그래서 나와 비슷한 세계에서 살아가는 사람들에게 더 많은 시간을 할애했고 그들에게 더 의지했다.

그러나 아이러니하게도 내가 무언가 새로 시작했을 때, 내가 작은 성공을 거뒀을 때, 혹은 내가 실패를 거듭하고 있을 때 '나를 이해해 주었던 친구들' 중 많은 수가 나와 멀어졌다. 내가 인생의 어떤 시점을 지나고 있을 때마다 무슨 이유에서인지 그들은 한 명씩 내게서 떨어져 나갔다. 누군가는 나의 작은 성공까지도 시샘했고, 심지어는 그 성공을 이용하기 위해 나를 괴롭히던 이도 있었다. 내가 실패를 거듭하고 있을 때는 혹시라도 손을 내밀까 봐 최대한 멀찍이 서 있는 것이 느껴졌다.

이런 와중에도 늘 내 곁에 남아준 친구는 고등학교 시절부터 오랜 시간 함께해 온 이들이었다. 나와는 정 반대인, 각기 다른 성향을 지닌 그 친구들은 내가 인생의 고락을 경험할 때마다 요란하지 않은 인사를 건네며 나와 함께 걸어주었다. 한마디로 그들은 나의 파도에는 별 관심이 없었다. 그저 나에게 다정하거나 단호했고, 나를 믿어주거나 응원할 뿐이었다. 나는 신뢰할 만한 사람에 대해 새롭게 정의했다.

첫째, 나의 직장이나 연인보다 나에게 관심이 많다.

둘째, 이야기할 때마다 즐거운 추억을 꼽아보면 다섯 손가락을 넘어간다.

셋째, 기쁜 일이든 슬픈 일이든 술이 당기는 일이 있

나와는 정반대의 각기 다른 성향을 지닌 그 친구들은
내가 인생의 고락을 경험할 때마다
요란하지 않은 인사를 건네며 나와 함께 걸어주었다.

을 때 생각난다.

급히 밥을 먹으면 체하는 법이라고, 당장 '내 사람 찾기'에 급급한 사람들은 언젠가 사랑하는 이로부터 원치 않는 상처를 받게 된다. 내 사람은 찾는 게 아니다. 시간이 증명해 주는 것이다. 당신의 '내 사람'은 이미 당신 곁에 있을지 모른다.

꿀잠 처방전

다 큰 어른이 친구를 사귀는 법

어릴 때처럼 친구 사귀기가 쉽지 않아 고민이라면, 어른의 친구 사귀는 방법을 알아보자.

☐ 평소 관심 있던 취미 활동 동호회나 모임에 나가본다

와인, 고양이, 독서, 하다못해 보드게임 동호회까지. 취미 활동도 즐기고 친구도 사귀는 일석이조의 방법 아닐까?

☐ 직장 동료와 파격적인 저녁 약속을 잡아본다

우리가 가장 오랜 시간을 보내는 곳은 다른 어디도 아닌 직장이다. 함께한 시간만큼 쌓인 서로에 대한 데이터가 의외로 즐거운 저녁 식사 자리를 만들어주지 않을까?

☐ 여행을 통해 만나게 된 사람들과 인연을 이어간다

게스트하우스, 여행 동행인 등 여행 문화가 변하면서 다양한 루트로 새로운 사람을 만날 수 있게 되었다.

평화를 지키는 "아무튼 그래~"의 효과

고백하자면 나는 화목한 가정에서 자랐다고 말할 수는 없다. 분명 부모님은 헌신적으로 자식들을 사랑해 주셨고 남동생과의 사이도 좋았지만, 아이러니하게도 언제나 수면 아래에는 갈등이 가득했다. 서로를 위하는 마음이 때로는 강요와 압박, 실망과 서운함으로 자라나고 있었다.

지금 생각해 보면 아주 어렸을 때부터 나는 '가정의 평화'를 바랐다. 그래서 어린 시절의 나는 최선을 다해 부모님의 자랑스러운 딸이 되고자 노력했다. 부모님을 기쁘게 해드려 가정의 평화를 지키고 싶었다. 덕분에 나는 성적이 좋았고, 선생님들의 신망도 두터웠다. 학창 시절을 통틀어 단 하루도 결석한 적이 없다는 것으로 나의 성실함을 증명해 보겠다. 친구 부모님에게도 나는 '같이 놀 때 안심되는 친구'였다. 나는 걱정 끼치는 것 없이 성실하고 똑똑한 딸로 자라 갈등의 씨앗을 없애고 싶었다. 내가 고단한 부모님의 삶에 위안이 되길 바랐다.

그러나 주머니 안의 못이 결국 존재감을 드러낼 수밖에 없듯이, 나의 강한 주관과 개성 역시 나이가 들수록 드러나기 시작했다. 딱히 크게 사고 친 적 없는 이십 대였지만 부모님의 기대에 부응하는 이십 대도 아니었다. 부모님이 기대하는 기준에 미치지 못했다는 죄책감은 늘 마음 한 곳에 웅크린 채 자라나고 있었다. 그러던 어느 날 나는 문득 더 이상 '착한 척'하는 딸로 살아가고 싶지 않다는 생각이 들었다. 가정의 평화와는 별개로 그저 '솔직한 딸'이 되고 싶었다.

부모님을 놀라게 할 무언가라 해도 내가 가진 생각들을 솔직하게 공유하고 싶었다. 그럴듯한 포장지에 싸인 공갈빵 같은 선물이 아니라 허름한 종이봉투에 담긴 반짝이는 나의 진심을 부모님께 선물하고 싶었다. 물론 처음부터 쉽지는 않았다. 해오던 버릇이 있었으니 의식하지 못하는 순간에도 거짓이 튀어나왔다. 그러나 포기하고 싶지는 않았다. 거짓을 말하고는 한참 뒤에 "사실 내 진심은 그게 아니었어요"라며 이야기를 정정하기도 했다. 덕분에 부모님과 터부시하던 과거 이야기도 꺼내놓고 나눌 수 있게 되었다. 예전에는 상상조차 해본 적 없는 모습이었다. 신기하게도 투박한 진심을 꺼내놓으니 서로가 인간적으로 보이기 시작했다.

솔직한 딸이 된다는 건 이런 식이었다. 부모님과 어린 시절 이야기를 할 때 부모님은 자주 "우리 아이들은 한 번도 안 싸웠어"라고 말하곤 했다. 그러면 나는 "맞아요, 그랬죠"라고 대충 의미 없는 맞장구를 쳤다. 나는 그런 식으로 마음에도 없는 맞장구를 잘 치는 편이었다. 사실이 아니라도 사실이었으면 하는 이야기라면 기꺼이 진실을 묻어두었다. 그러니 대체로 이야기는 그렇게 끝이 났다. 모두가 동의하는 이야기니 더 이어질 무언가도 없었다. 그러나 어느 순간부터 나는 이런 사소한 이야기를 그냥 넘기지 않았다.

"사실은 엄마, 아빠 몰래 싸웠어요. 두 분이 혼내실 때 너무 무서웠잖아요. 이제야 하는 말이지만 솔직히 어렸을 때 우리가 항상 과하게 혼나긴 했죠?"

당황한 부모님의 모습이 처음에는 불편하고 무섭기도 했다. 하지만 몇 번 이런 상황이 반복되니 부모님도 편하게 변명 같은 진심을 털어놓기 시작했다. 그렇게 우리의 이야기는 길게 이어졌고, 이야기가 마무리될 때쯤에는 "아무튼 그래~" 하는 시원한 추임새가 등장했다.

나는 번거롭고 불편하더라도 솔직하고 싶다면 그러기로 마음먹었다. 가족들에게 내 생각을 아주 사소한 것부터 하나둘 솔직하게 말해보기 시작했다. 대단할 것 없는 이야기부터 시작하니 진짜 솔직해야 할 때도 그럴 수 있게 되었다.

나는 처음으로 가족 안에서 큰 만족감을 느끼기 시작했다. 가족을 과거에 비춰 생각하지 않는 내 태도도 꽤 성숙하고 독립적이라 느껴져 뿌듯했다. 이만하면 됐다 싶었다. 가족에 관해서 또 고민할 일이 있을까 싶었다. 그렇게 완벽히 화목하고 만족스러운 가족 관계를 꾸려냈다고 믿었다.

그러나 인생은 참으로 만만치가 않았다. 콘텐츠 자영업자로서 일이 생각만큼 잘 풀리지 않는 때가 내게도 찾아왔다. 통장에 들어오는 돈이 줄어드는 만큼 내 자아도 쪼그라들기 시작했다. 타인과 나를 웬만하면 비교하지 않던 나는 자주 친구들과 나의 인생을 떠올리며 '격

차'에 대한 생각에 잠기곤 했다.

설상가상으로 몸까지 약해지며 궁지에 몰리게 되니 다시 한번 깨달음이 찾아왔다. 가족이라고 해도 내 입장을 나만큼 잘 이해하기는 힘들다는 것이었다. 내가 일에서 어떤 어려움을 느끼고 있는지, 지금 경제적으로 얼마나 힘든지 모든 것을 예전처럼 솔직하게 이야기해 보려 해도 그것이 부모님에게는 변명처럼 들릴 수밖에 없었다. 사실 스스로도 그렇게 느끼고 있었다. 부모님과 대화 후에 돌아오는 건 나를 향한 날 선 책망뿐이었다. 어느 순간 '내 문제는 어디까지나 내 문제일 뿐이야'라며 선을 긋는 단호한 마음이 필요하다는 걸 알게 되었다. 어느 정도 문제가 해결되기 전까지는 너무 많은 부분을 가족과 공유해서는 안 된다는 생각도 들었다.

내게는 암 투병을 견뎌낸 친한 언니가 있다. 언니가 처음 암 투병을 시작하게 되었을 때 오히려 힘들게 했던 건 가족이었다고 했다. 언니의 가족들은 언니가 암 투병을 시작하게 되었다는 사실을 받아들이기 힘들어했고 긴 시간 동안 울면서 언니에게 하소연했다고 했다. 아픈 언니를 돌보기보다는 걱정을 늘어놓는 때가 많았다는 것이다. 언니는 '당시엔 정말 황당했다' 정도로 이야기를 마무리했지만, 혼자서 얼마나 외로웠을지 굳이 말하지 않아도 느껴졌다.

그 후 언니는 가족들과 연락을 끊고 치료의 과정을 오롯이 혼자 버텼다고 했다. 그리고 어느 정도 최악의 상황에서 벗어났을 때 비로소 가족의 도움을 요청했다고 했다. 가족들의 걱정 섞인 말들을 온전히 받아들일 수 있을 때 말이다. 언니의 담담한 이야기가 나에게도 힘이 되었다.

완벽히 화목하고 만족스러운 가족 관계를 만들어냈다고 철석같이 믿고 있던 덕분에 나는 나 자신보다 가족들이 나를 더 잘 이해해 주고 알아줄 것이라 착각하고 있었다. 그래서 그 착각이 깨지자 견딜 수 없이 힘들었던 거다. 아무리 화목한 가족이라 해도 우리는 모두 각자의 하늘 아래에서 살아갈 수밖에 없다. 내가 그랬듯, 사랑이 넘치는 가정에서 자란 사람일수록 이 사실을 받아들이는 과정이 쉽지 않을 것이다. 그러나 쉽지 않다고 해도 우리는 받아들여야 한다. 그러지 않으면 결국에는 '상황이 좋을 때는 한없이 행복하지만, 상황이 힘들 때는 한없이 무의미한 가족'이 되어버린다.

시작부터 화목한 가족은 없다. 화목한 가족은 살아가며 만들어진다. 그러니 가족에게 당장 모든 것을 털어놓을 만큼 솔직하지 못하다고 자책할 필요도, 가족들이 나를 이해하지 못한다고 걱정할 필요도 없다. 화목한 가족을 만드는 유일한 방법이 있다면 언제나 '나'를 1순위에 두는 것이다. 건강한 '나'가 모여야 화목한 가족이 만들어진다. 그러니 솔직하고 싶을 때 솔직하고, 거리를 두고 싶을 때는 거리를 두자.

오늘도 화목한 가족을 위해 분투하는 수많은 '나'들을 응원한다.

가족에게 당장 모든 것을 털어놓을 만큼
솔직한 사람이 아니라고 자책할 필요도,
가족들이 나를 이해하지 못한다고
걱정할 필요도 없다.

황금 인맥은 마법처럼 나타난다

'인복'이란 무엇일까? 좋은 부모를 둔 것? 얄지만 넓은 인맥을 두루 가진 것? 내게 도움이 될 법한 사람들이 주변에 많은 것? 모두 맞다. 그런데 인생의 중요한 기회는 내가 애써서 만든 인맥보다는 요정 할머니처럼 뿅 하고 나타난 인맥에서 생겨나는 경우가 더 많은 것 같다. 나에게는 책 출간 제안이 그랬다. 첫 번째 책도, 이번 책도 내 유튜브 채널을 유심히 봐오던 출판 편집자의 제안으로 시작되었다. 내게는 정말 생각지도 못한 기회였다.

어려서부터 사주를 볼 때마다 인복이 있다는 이야기를 많이 들었다. 실제로 내가 인복 있는 사람이라고 생각하게 된 첫 번째 순간은 고등학교 시절이었다. 당시 나는 지역 백일장에 나가서 쓴 시로 장려상을 받았다. 그 일이 있고 난 후 얼마 지나지 않아 백일장에서 심사위원을 맡았던 국어 선생님을 만나게 되었다. 나는 그 선생님의 얼굴조차 몰랐는데 지나가던 나를 붙잡은 선생님은 이런 말을 해주었다.

"네가 민애니? 너 얼마 전에 백일장에 나왔었지? 내가 그때 심사를 봤는데 글이 대상급이었어! 심사하는 사람들이 글을 쓰진 않아서 너한테 대상을 못 줬거든. 근데 너 글에 재능 있더라."

이후로도 선생님은 나를 마주칠 때마다 이 이야기를 해주시곤 했다. 이때 들었던 말이 내 머릿속에서 떠나지 않았다. 그래서 대학교에 다니던 때 전공도 아닌 문예창작과 수업을 들었고, 아무리 바빠도 책 읽는 시간만큼은 사수했다. 매일 일기를 쓰지는 못했지만 블로그에라도 조각 글을 쌓아갔다. 덕분에 취업 준비라고는 하나도 되어 있지 않던 나는 언론사에서 아르바이트를 하며 자연스럽게 편집 기자 생활을 시작하게 되었고, 이후 스타트업 회사에 다니며 웹진 발행까지 하게 되었다. 지금은 책을 출간한 작가이자 10만 명이 넘는 구독자와 소통하는 어엿한 유튜버가 되었다.

때때로 고등학교 시절 나의 글을 칭찬해 주었던 선생님이 떠오른다. 지나고 보니 나에게는 귀인과도 같은 분이었다. 어려서부터 늘 창작에 고팠던 내게 충분한 능력이 있다고 이야기해 준 첫 번째 사람이니 그럴 만도 하다. 그런 마법 같은 순간, 선물 같은 사람은 어느 날 갑자기 나타난다. 주변에서 늘 나와 함께하는 사람들은 그만큼 내가 익숙할 테니 나의 숨은 재능을 새삼 알아보기가 힘들다.

물론 제자리에 앉은 채로 머나먼 어딘가에서 나타날

귀인을 기다리고만 있으라는 이야기는 아니다. 이런 요정 할머니 같은 사람은 당신이 용기 내서 꼭 해보고 싶었던 것에 도전했을 때 비로소 만날 수 있다. 귀인은 겁이 나도 도전해 보려는 당신의 용기에서 탄생한다.

이렇게 말하는 나 역시 글에 관해서는 굉장히 겁 많은 도전자였음을 고백한다. 고등학교 때 선생님의 칭찬을 받기 전까지 그 누구도 나에게 글을 잘 쓴다고 말해준 사람은 없었고, 마땅한 상을 받은 적도 없었으니 그럴 만도 했다. 그러나 고등학생 시절에도 글에 대한 욕심을 놓지 못했던 나는 용기 내 지역 백일장에 나가보기로 결심했다. 쫄보 도전자의 첫 번째 용기였지만 그 덕분에 선생님과 접점이 생길 수 있었다. 내가 그저 교실에 앉아서 선생님이 찾아와 칭찬해 주기만 바랐다면 그 기회는 영영 내게 찾아오지 않았을 것이다.

유튜브를 시작한 것도 온전히 나의 용기 덕분이었다. 솔직히 이틀이 지나도 '4'에서 그치는 영상 조회 수를 보고도 10시간에 걸쳐서 콘텐츠를 만들어내야 했을 때는 부끄러운 마음만 가득했다. 그래도 꼭 해보고 싶었던 일이라 지속하다 보니 조금씩 조회 수가 오르고 댓글이 달리기 시작했다. 지금처럼 응원해 주는 감사한 구독자들도 생겼다.

'제 마음에 들어갔다 나온 것 같아요, 정말 큰 위로가 됩니다.'

'힘들 때마다 한 번씩 찾아와서 보고 있어요, 감사합니다!'

'지금보다 훨씬 크게 될 채널인 것 같아요, 응원합니다!'

다행히 나는 몇 안 나오는 조회 수보다도 댓글에 마음을 뺏기는 사람이었다. 지금까지 댓글로 만난 수많은 귀인 덕분에 내 삶이 이만큼 커올 수 있었다. 별 볼 일 없는 조회 수에도 쫄지 않고 영상을 올릴 수 있었고, 새로운 일을 시작할 때마다 아낌없는 응원을 받으며 출발

점에서 숨을 고를 수 있었다.

첫 책을 출간하고 북 콘서트를 열었을 때도 그랬다. 나를 보러 와줄 사람들이 있긴 할지 의심스러운 마음이 가득할 때, 제주도에서 나를 만나기 위해 이곳까지 달려왔다는 독자를 만난 것이다. 나를 이토록 응원하고 아끼는 사람들이 있다는 건 말로 다 못 할 행운이다. 그리고 그들을 만날 수 있었던 건 '4'에 그친 조회 수를 보고도 포기하지 않았던 나 덕분이었다.

한 번 도전을 시작하니 그 뒤로는 점점 더 쉬웠다. 책 한번 써보는 게 꿈이었던 나에게 책을 써보자고 제안해 준 출판사의 편집자와는 책을 출간한 후 지금까지도 인연을 이어오고 있다. 일뿐만 아니라 개인적인 고민까지 나눌 정도로 가까운 사이가 되었다. 도전이 새로운 도전을 불러왔고 귀인은 새로운 귀인을 불러왔다.

삶의 변화는 인복 때문에 찾아오는 게 아니다. 내가 변화하고자 새로운 시도를 했기 때문에 조그만 균열들이 생겨난 것이고, 그때 조력자들이 마법처럼 뿅 하고 나타난 것이다. 그러니 '내 인생에 귀인은 없나 보다' 하고 지나치게 낙담하거나 좌절해선 안 된다. 내 인생의 제일 가는 귀인은 바로 당신 자신이라는 걸 잊지 말자. 넘어졌을 때 나를 일으켜 줄 사람을 아직 찾지 못했다고 달리기 자체를 포기하는 것만큼 어리석은 짓도 없다.

일단 달려보자. 달리다 보면 내게 재능이 있는지 없는지, 어떻게 하면 재능을 키울 수 있는지 자연스럽게 알게 되는 날이 올 것이다. 그리고 그 시간을 통해 함께 달려줄 러닝메이트까지 만나게 될 것이다. 이것이 내가 유일하게 알고 있는 황금 인맥의 비밀이다.

일단 달려보자.
달리다 보면 내게 재능이 있는지 없는지,
어떻게 하면 재능을 키울 수 있는지
자연스럽게 알게 되는 날이 올 것이다.

Q

내 연애의 흥행을 위하여

요즘 「나는 솔로」, 「환승연애」 같은 연애 리얼리티 프로그램이 인기다. 나도 이런 프로그램을 자주 챙겨 보는 편인데, 누군가 이런 프로그램을 왜 보는지 물어오면 늘 하는 답이 두 가지 있다. '와, 세상에는 정말 다양한 인간군상이 있구나!' 하는 마음으로. 그리고 '저 사람의 방어기제는 뭘까?'를 살피는 마음으로.

만난 지 얼마 되지도 않은 남녀가 피 튀기는 질투

를 하고, 남을 평가하는 날 선 말을 하고, 좋아하면서 싫은 척, 관심 없으면서 관심 있는 척 연기하는 모습을 보다 보면 다큐멘터리 같은 현실감이 느껴진다. 그리고 그렇게 화제가 되는 사람들은 '빌런'이라 불리며 흥행을 견인한다. 물론 이런 인간군상의 민낯을 확인하는 용도로 이 프로그램을 애청하는 사람들도 많겠지만 나는 가끔 출연자들의 방어기제에 눈길이 가곤 한다.

방어기제란, 받아들일 수 없는 잠재적 불안의 위협에서 자신을 보호하기 위해 실제 욕망을 무의식적으로 조절하거나 왜곡하면서 마음의 평정을 찾는 심리학적 메커니즘이다. 나는 연애할 때야말로 여러 가지 방어기제를 가장 확실히 확인할 수 있는 시기라고 생각한다.

결론부터 말하자면 나의 방어기제도 쓸모없었다. 나는 주로 갈등을 회피하는 사람이었다. 그래서 갈등이 발생하지 않도록 하려고 데이트하는 내내 상대방의 기분을 살피거나 눈치를 보며 비위를 맞추곤 했다. 당연하게도 나의 연애는 순탄하게 풀리지 못했다. 내가 좋다며 먼저 고백을 해온 사람들도 시간이 지나면 먼저 떠나갔다. 매번 상대방의 비위를 맞추던 나의 심리 저 아래에는 이렇게 하지 않으면 상대가 떠나버릴지도 모른다는 두려움이 있었다. 그래서 비위를 맞췄는데도 불구하고 상대방은 나를 떠난 것이다.

나와 친한 지인 중에서도 한 남자의 어장에 걸려들어 오랫동안 힘들어한 언니가 있다. 그 남자는 언니와의 관계를 제대로 정의하지 않은 채 다른 여자들을 만났다. 언니도 다른 남자들과 연애를 곧잘 하는 것처럼 보이기는 했지만, 늘 마음 한구석에 그를 놓아두고 있었으니 제대로 된 연애가 이어질 리 없었다. 언니는 언젠가 그 남자와 사귀게 될 수도 있지 않을까 하는 희망으로 보낸 시간이 무려 10년이라고 했다. 그렇게 긴 인연이 이어지는 동안 언니는 어디에도 정착하지 못한 채로 방황하는 시간을 보내왔다고 했다.

처음 이 이야기를 들었을 때의 충격은 꽤 컸다.

한 남자만을 기다린 세월이 무려 10년이라니. 희망만 품고 살기에는 너무나 가혹하게 긴 시간이다. 언니는 "나도 뭐, 그렇게 좋아하는 건 아냐"라고 덧붙이며 스스로를 속이기까지 하고 있었다.

상처받고 싶지 않은 마음에 언니는 10년 동안이나 미성숙한 방어기제를 사용해 왔던 거다. 물론 상대방 남자의 미성숙한 방어기제도 오랫동안 작용해 왔을 거다. 언니의 고백 한 방이면 둘은 사귈 수 있으리라는 걸 나는 단번에 알 수 있었다.

"언니, 사귀자고 당장 고백해. 그래야 헤어질 수도 있는 거야. 언니가 고백하면 그 남자 바로 그러자고 할걸? 그 사람한테는 언니가 중요하거든. 언니처럼 자기를 온전하게 다 받아줄 사람이 없다고 생각할 테니까. 그리고 언니도 스스로를 속이지 말아야 돼. 그래야 진짜 연애를 시작할 수 있지."

언니는 그렇게 그 남자와 그리 길지 않은 연애를

했다. 하지만 그 남자와 연애하는 내내 언니는 완전히 다른 사람이 되어 있었다. 자존심 대신 자존감을 든 채로 관계를 꾸려갔다. 비록 그 남자는 여전히 누군가를 진심으로 사랑할 준비가 되어 있지 않아 보였지만 언니는 달랐다. 갈등을 피하려고만 하지 않았고(회피), 내면의 불안을 해소하고자 자기파괴적인 행동을 하지도 않았으며(공격) 문제 상황에서 남 탓을 하거나(투사), 그 남자를 무조건적으로 '좋은 사람'이라고 생각(분리)하려 하지도 않았다. 언니는 드디어 미성숙했던 방어기제의 그늘에서 벗어나게 된 것이다.

그 남자와 헤어진 후 얼마 지나지 않아 언니는 새 인연을 만났고, 지금은 결혼해서 행복하게 살고 있다.

연애는 물론이고 모든 인간관계에서 가장 중요한 건 두려워하지 않고 있는 그대로의 상황을 받아들이는 것이다. 그래야 우리는 비로소 내 감정에 충실해질 수 있다. 내 편을 들어줄 수 있다. 그리고 그 자존감으로 성숙한 방어기제를 사용할 수 있다. 성숙한 방어기제로는 친화, 이타성, 유머, 자기주장, 자기관찰, 승화 등이 있다.

친화를 방어기제로 사용하는 이들은 적극적으로 주변 사람들과 감정을 공유하면서 친밀감을 형성하고 관계를 단단히 만들 줄 안다. 이타성을 방어기제로 사용하는 이들은 다른 사람들에게 아낌없이 베풀고 도움을 준다. 방어기제 중 유머는 내가 가장 좋아하는 것이기도 하다. 불안하거나 위협적인 상황에서 유머러스한 부분을 꼬집어 웃게 만들고, 버틸 힘을 내게 한다.

상황에 따라 달라질 수도 있지만, 우리 모두 주로 사용하는 방어기제가 있다. 내가 주로 어떤 방어기제를 사용하는지 주의 깊게 살펴보고, 그 방식이 성숙한 것인지 미숙한 것인지도 판단해 보자. 어떤 방어기제를 언제부터, 왜 사용하게 되었는지도 물론 중요하다. 그렇지만 가장 중요한 건 무엇으로 방어기제를 건강하게 만들 수 있는지를 고민하는 거다.

우리의 건강한 방어기제와 설레는 연애를 위해 이렇게 되뇌어 보는 건 어떨까?

"나는 사랑받을 가치가 있는 소중한 존재고, 무엇이든 이루어낼 수 있는 유능한 사람이야!"

Q

잘 보이려는
노력을 그만두기로 했다

나는 한때 '인기녀'가 되고 싶다는 욕망에 휩싸였었다. 그래서 당연하게도 인기 많은 친구들을 동경했고, 그들과 친해지려 부단히도 애를 썼다. 그 친구들이 좋아하는 음악, 가수, 책을 나도 좋아하려고 했고, 그 친구들과 반대되는 의견은 일절 말하지 않는 일명 '시녀' 노릇을 자처한 적도 있었다.

그러나 이런 내 노력은 대체로 헛수고로 돌아갔다. 일단 나에게 이런 방법이 통하지 않았다. 친구들의 관심을 못 끄니 분노와 수치심에 나는 종종 급발진하기도 했다. 그러다가도 금세 친구들과 멀어질까 봐 비굴하게 굴기도 했으니 나는 조롱과 따돌림의 대상이 될 뿐이었다. 이런 이유로 중학생 시절에 나는 외로운 학교생활을 해야만 했다. 물론 지금도 당시 친구들의 행동이 잘못되었다고는 생각한다. 그러나 그때 내 행동도 분명히 비호감으로 보이긴 했을 것 같다. 그때의 나는 늘 무언가를 좇으려 애썼고, 잔뜩 날이 서 있었으며, 매사 우울했으니 말이다.

결론적으로 나는 인기녀가 되긴 했다. 물론 위에서 말한 방법으로는 아니었지만. 지금부터는 따돌림에 더 익숙하던 내가 어떻게 사람들로부터 인기를 얻을 수 있었는지에 대해 이야기해 보려고 한다.

고등학교에 입학하면서부터 이전과는 다른 삶을

살고 싶었던 나는 인기를 끌기 위해 정말 부단히도 애를 썼다. 그러나 한번은 아이들 서너 명이 내 자리로 몰려와 "야, 네 목소리는 원래 그래?"라며 시비를 걸어왔다. 이 일을 계기로 나는 반 안에서 은근히 배척당하고 있다는 느낌을 지울 수가 없었다. 나는 또 이전과 다름없이 무리에서 소외되고 있던 거다.

그렇게 자의 반, 타의 반으로 나는 고등학교 입학과 동시에 부풀어 올랐던 인기녀라는 꿈을 접고 원래대로 살기로 마음먹었다. 어느 정도 고등학교 생활에 대한 기대를 버린 것이다. '에라 모르겠다!' 하는 심정으로 공부 열심히 하고, 쉬는 시간에는 혼자 책 읽고, 급식은 그냥저냥 친한 아이들과 먹었다. 그렇게 몸과 마음에 힘을 빼고 아무(?)하고나 어울리기 시작했는데, 아이러니하게도 이런 내게 기회가 찾아왔다.

어느 날, 자습 시간이었다. 옆자리 친구가 느닷없이 내게 고민을 털어놓기 시작했다. 평소 나를 별로 안 좋아한다고 느꼈던 아이여서 어색하긴 했지만, 마침 나도 공부하기 싫던 참에 옳다구나 싶었다. 고민을 열심히 들어줬고, 그 친구와 더는 볼 일 없을 거라는 생각으로 열심히 내 이야기도 들려줬다. 그 일이 있고 난 후, 그 친구가 내 평판을 제대로 뒤집어 놓았다. 어느새 '얘기해 보면 생각보다 재미있는 애'라는 새로운 이미지가 씌워졌고, 꽤 인기 많던 아이들도 말을 걸어오기 시작했다. 놀랍게도 얼마 지나지 않아 나는 모두와 두루두루 잘 지내는 마당발이 되었다. 점심시간에는 어디에 자리를 잡아도 어색하지 않게 이야기를 나눌 수 있었다.

어느 순간부터 내가 인기 따위에는 관심 없는 사람이 되어버리긴 했지만 내 안에 '인기녀'를 향한 욕망은 사라지지 않았다. 그래서 나는 인기의 정체를 고찰하기 시작했다. 그러던 어느 날, 나는 당연하지만 깨닫기는 어려운 진리 하나를 발견했다. 인기 많은 사람이라고 해도 고민이 없진 않다는 것이다. 걱정 하나 없을 것처럼 보이는 친구들도 사실 생각보다 무거운 고민을 이고 지고 있었다. 심지어 우울함이나 열등감에 '시달리는' 경우도 많았다.

특히 절친했던 친구 한 명은 외모도 예쁘고 유머 감각도 뛰어난 데다 머리까지 좋아서 인기가 많았다. 그런데 만나기만 하면 하는 이야기가 죽고 싶다는 것이었다. 처음에는 농담으로 받아들였지만 나중에는 그것이 진심이라는 걸 깨달았다.

당시 친구가 시달리던 고민은 정말 여러 가지였다. 피부가 상할까 봐, 친하게 지내던 친구들이 떠나갈까 봐, 성적이 떨어질까 봐… 나는 이렇게나 예쁘고 똑똑한 사람도 고민 때문에 고통스러울 수 있다는 사실이 놀랍기만 했다. 그래서 더더욱 그 친구의 이야기를 경청했다. 내가 고민 상담에 재능이 있다는 것도 그 친구 덕분에 알게 되었다.

잘 보이려고 노력해 얻어낸 인기는 힘이 없다. 인기가 맥주 거품처럼 부풀어 오르면서 내가 있는 그대로 인정받을 수 있다는 안정감을 방해하는 것이다. 그리고 잘 보이려고 애쓰는 태도는 생각보다 들키기가 쉽다. 가식적이고 인위적인 사람이 인기가 많을 수 없는 이유다.

쉬운 예로 직장을 생각해 보자. 윗사람들의 인기를 얻고 싶어 지나치게 동분서주하는 사람이 있다면, 윗사람들의 마음을 얻을 수는 있겠지만 다른 사람들에게 밉보일 가능성이 크다. 이런 사람이 인기가 많다고는 할 수 없다. 친구 관계에서도 마찬가지다. 어찌저찌 잘 보이려고 애쓰면 상대방의 마음을 살 수는 있겠지만 모두의 마음을 사로잡지는 못할 것이다.

내가 중학생 시절 따돌림당하던 아이에서 고등학생 시절 인기녀로 변신할 수 있던 것도 나를 꺼내 보여줬기 때문이다. 편하게 내가 누구인지를 드러내고 상대방이 누구인지도 받아들여 주니 사람들은 자연스럽게 나를 좋아했다. 관심받고 싶어서 애쓸 때는 한 번도 받아보지 못한 관심을 별다른 힘을 들이지 않고도 받게 된 것이다.

상대방이 날 좋아할지, 좋아하지 않을지 눈치를 보지 않으니 내 행동들은 훨씬 더 자연스러워졌다. '내가' 저 사람이 좋은지, 아닌지에만 초점이 있다 보니 먼저 다가가는 것도 전혀 두렵지 않았다. 나를 좋아하지 않는 타인도 받아들일 수 있게 되었다. 이 세상 사람 모두가 날 좋아하게 만들 수는 없다. 다만 몇 명만 나를 알아주면 되는 것이다. 그중에서도 가장 나를 잘 이해해 주는 건 언제나 나여야만 한다.

물론 내가 타인의 시선으로부터 완벽히 자유롭다고 할 수는 없다. 그런 사람이 몇이나 될까. 여전히 누군가에게 잘 보이고 싶은 순간이 있다. 인기를 맛본 찰나에는 하늘을 날 듯이 기쁘기도 하다. 다만 남들에게 내가 어떻게 보일지, 내가 어떨 때 남들이 나를 좋아해 줄지만을 생각하며 사는 삶이 행복하지만은 않다는 걸 자주 떠올리려고 애쓰는 편이다.

어느 베스트셀러의 제목처럼 남에게 보여주려고 인생을 낭비하지 않기로 했다. 나는 그러지 않아도 충분히 좋은 사람이다.

잘 보이려고 애쓰는 태도는
생각보다 들키기가 쉽다.
가식적이고 인위적인 사람이
인기가 많을 수 없는 이유다.

3장

일단 자고 내일 생각해 볼 것

지치지 않고 앞으로 갈 너에게

몸과 마음의 근육이 제대로 단련되지 않은 상태에서

불안감에 불을 지핀다면,

그것은 머지않아 번아웃과 무기력으로 향하는 지름길이 될 것이다.

그러니 조금 헤매도 좋다. 잠시 멈춰도 좋다.

당신이 쉬엄쉬엄, 느적느적 나만의 길로 나아가길 바란다.

Q

도망자가 아니라 탐험가의 마음으로

한동안 장기적인 목표를 세우지 않았던 적이 있다. 이유는 간단하다. 슬프지만 그 시기에 세웠던 장기 목표 중 이룬 게 거의 없었기 때문이다. 그 무렵 내가 유일하게 이룬 장기 목표가 1년 내로 유튜브 채널의 구독자 10만 명을 달성하는 것이었다. 좀 더 깐깐하게 따지자면 9만 명이 조금 넘는 구독자를 만들었으니 '얼추' 목표를 달성했다.

물론 그 목표 하나를 달성한 것도 꽤나 근사한 일이었지만, 그것 외에 30년 넘는 세월 동안 달성한 장기 목표가 거의 전무하다는 건 꽤나 울적한 일이었다. 스물한 살에는 9급 공무원이 되겠다는 목표로 1년간 휴학하고 수험 생활을 했는데 결국 포기했고, 스물아홉 살에 스타트업 회사에 들어갔을 때는 론칭했던 앱 서비스를 업계 1위로 키우겠다는 목표를 세웠지만 1년을 간신히 버티다가 조용히 퇴사했다. 비영리단체에서 예술가와 환경을 위한 프로젝트를 진행하다가 1년 반만에 때려치우기도 했다. 생각해 보니 정말 많은 다짐과 포기가 반복되었던 날들이다. 그렇게 내가 이십 대 시절에 작심하고 시작했던 일들은 대부분 실패로 끝났다. 수많은 포기를 겪으며 나는 심각한 번아웃을 겪기도 했다. 문득 이런 생각이 들었다. 왜 나는 목표했던 일을 제대로 이룬 적이 없을까? 작심삼일의 아이콘 같은 운명을 타고난 걸까?

아마도 내가 늘 목표했던 일을 성공적으로 마무리 지을 수 없었던 결정적 이유는 '표면적 목표'와 '내면의 욕구'가 끝없이 대립했기 때문일 거다. 예를 들어, 내가 스물한 살에 공무원 준비를 시작했던 표면적인 이유는 안정적인 일을 하고 싶다는 것이었다. 그러나 나의 내면에는 그저 부모님께 인정받고 싶다는 욕구만이 가득했다. 정작 부모님이 공무원 준비를 해보면 어떻겠냐고 말을 꺼내기 전까지는 한 번도 그 직업을 갖고 싶다고 생각해 본 적이 없었다. 당연하게도 공무원 준비에 대한 의욕은 오래가지 않았다. 작은 불꽃마저 싸늘히 꺼지고 난 이후에는 책상 앞에서 그저 멍만 때리는 시간이 반복되었다. 결국 1년을 꼬박 날린 후 부모님께 "나는 공무원이 될 생각이 전혀 없다"라는 말을 꺼내야만 했다.

스타트업 회사에서 앱 서비스를 성장시키는 데 실패하고, 비영리단체에서 프로젝트를 성공시키지 못한 것도 결국 같은 이유 때문이었다. 두 곳 모두 나를 유능하다고 판단해 준 사람의 영입으로 들어가게 된 것이었는데 이 과정이 결국 내겐 독이 되었다. 나는 일하는 내내 '인정받고 싶은 욕구'에 온 마음과 육체를 지배당했다. 그래서 개인적인 시간까지도 반납해 가며 일에 매달렸다. 일의 결과가 만족스럽지 않으면 과도한 좌절감과 수치심을 느꼈다. 심지어는 내 기준만큼 일을 해내지 못하는 동료를 가혹하게 대하고 진심으로 미워하기까지 했다. 표면적으로는 일을 성공적으로 해내는 것이 목표였지만, 사실은 다른 사람들에게 끊임없이 칭찬받고자 하는 마음이 점점 부풀어 올라 나를 괴롭힌 것이다.

그럼 닳고 닳았던 유튜브의 성공은 어땠을까? 유튜브를 시작하게 된 계기는 앞선 상황들과 전혀 달랐다. 유튜브는 누군가로부터 인정받고 싶다는 욕구보다는 내 능력이 어디까지일까 확인하고 싶다는 마음 때문에 시작한 것이었다. '이번 일이 실패하면 끝장이다!' 같은 비장한 마음가짐도 없었다. 크리에이터로서 재능이 없다는 게 증명되면 다시 성실한 회사원으로 살아갈 마음의 준비도 되어 있었다. 지금 생각해 보면 목표를 달성할 수밖에 없는, 완벽한 동기였다.

유튜브 콘텐츠를 만들 때의 나는 매일매일 탐험

가처럼 살았다. 내가 하고 싶은 이야기를 어떤 모습으로 포장해야 사람들이 쉽고 재미있게 받아들여 줄지 진심으로 고민했고 매 순간 호기심이 가득했다. 내 의도를 오해한 몇몇 이들의 날카로운 말들에 상처받을 때도 있었지만 더 이상 인정욕구에 목말라 있지 않았기에 금방 훌훌 털고 일어날 수 있었다. 목표를 성공이나 성장, 성취처럼 모호한 단어들이 아닌 '구독자 10만' 같은 구체적인 무언가로 잡았던 것도 도움이 되었다.

꾸준히 동력을 잃지 않고 나아가기 위해서는 무엇을 계기로 삼는가가 중요하다. 일을 끝까지 해내지 못하는 사람들은 언제나 자신의 시한폭탄 같은 불안을 동력으로 삼는다. '패배자가 될까 봐', '남들이 무시할까 봐', '인정받지 못할까 봐' 달리는 말에 채찍질하듯 자신을 몰아붙인다. 몸과 마음의 근육이 제대로 단련되지 않은 상태에서 불안감에 불을 지핀다면, 머지않아 번아웃으로 향하는 지름길로 가게 될 것이다.

그러니 목표를 정할 때 가장 먼저 나의 솔직한 욕

구를 살펴야 하고, 인정욕구를 동기로 삼는 것 같다면 경계해야 한다. 물론 모든 일에서 내가 진짜 원하는 바가 무엇인지를 묻고 따르기란 어렵다. 그러니 그 과정에서 조금 헤매도 좋다. 길을 찾는 일만 멈추지 않는다면, 남들이 뭐라고 해도 가야 할 나만의 길을 비로소 찾을 수 있을 것이다.

길을 찾는 것만 멈추지 않는다면
남들이 뭐라고 해도 가야 할
나만의 길을 비로소 찾을 수 있을 것이다.

오호, 재밌겠는데?

Q

나의 작심삼일 일지

나는 한때 작심삼일의 아이콘이었다. 결심한 바를 매번 3일 이상 실천해 본 경험이 없다는 건 참으로 슬픈 일이다. 작심삼일 마니아로서 고찰해 보자면 '작심'이라는 말은 '조바심'의 다른 표현일지도 모르겠다. 조바심이 나니까 자꾸 그릇에 맞지 않는 무언가를 해내기로 마음먹는 거다.

세상에는 삶의 고난을 그저 외면한 채 단순하고

즐겁게만 살아가려는 사람들이 있는 반면, 위기만을 직시하며 스스로를 벼랑 끝으로 내몰거나 경주마처럼 채찍질하는 사람들도 있다. 나도 이런 사람 중 하나였다. 한때는 이런 내가 요즘 말로 '갓생'을 사는 것만 같아 뿌듯하기도 했다. 하지만 극과 극은 닮아 있다고 하지 않는가. 양쪽 모두 삶의 일면만 바라보며 균형 없는 삶을 산다는 점에서 매우 비슷하다.

이런 사람은 생각보다 쉽게 찾아볼 수 있다. 스타트업 회사에서 일하던 시절에 알고 지내던 지인은 자신의 사업이 궤도에 오르기 전까지는 가족들을 만날 수 없다며 3년 동안이나 명절에 고향 내려가길 거부했다. 일상은 일 아니면 자기계발이었고, 연애도 할 자격이 없다며 철저히 홀로 지냈다. 스티브 잡스를 동경하던 그에게 나는 일 중독이었던 스티브 잡스의 말년을 떠올려 보라며 다음 명절에는 꼭 고향에 내려가길 권했다. 그를 생각해서 한 말이기도 했지만, 점점 더 괴팍해져 주변을 괴롭히기에 주변 사람들을 위해 한 말이기도 했다.

안타깝게도 한국 사회에서 살아온 우리는 십 대 시절 내내 필연적으로 대입이라는 하나의 목표만을 보며 치열하게 달리는 경험을 한다. 그러는 동안 나도 모르게 불안을 동력으로 삼는 것에 익숙해졌을 것이다. '대학 떨어지면 끝'이라는 소리를 끊임없이 들으며 우리는 수험을 위해 스스로를 갈아 넣었을 것이다. 그렇게 성인이 된 우리는 여전히 경주마처럼 목표 하나만을 바라보며 달려야만 성취하고 인정받을 수 있다는 착각 아닌 착각에 빠져 있다. 물론 목표만 보고 달리는 것은 꽤 괜찮은 전략이다. 열심히 나를 불태워가며 결승선을 지나면 달콤한 포상과 소중한 이들의 인정까지 더해질 테니 이 얼마나 완벽한 동기인가.

그러나 인생은 단거리 경주가 아닌 마라톤이다. 성취가 주는 희열도 길어봤자 일주일이다. 게다가 학생 때는 체력도 좋지 않은가. 부모님의 보살핌을 받으며 단거리 경주처럼 전력질주 해도 탈이 나지 않을 수 있다. 그러나 당장 이십 대 중반만 되어도 이전의 채찍질을 몸이 더 이상 견디지 못할 것이다.

불안은 우리의 뇌도 혹사시킨다. '세상에서 믿을 건 나 하나뿐이야!', '이 세상은 전쟁터야!', '승자가 다 갖는 세상이야!', '인내는 쓰고 열매는 달다고 했어!'라며 자기암시를 하면 전투력과 긴장도가 올라가면서 내가 무적이라도 된 느낌이 든다. 마치 에너지 드링크를 짝으로 마신 것처럼 말이다. 두려울 것 없는 사람이 된 것만 같은 기분이 될 수도 있다. 그러나 순간적으로 충동성이 강해졌을 뿐이라는 사실을 기억해야 한다. 무적이 된 것처럼 '느껴질' 뿐이다. 충동성이 강해진 상태에서 하는 결정은 도박할 때 내리는 결정과 크게 다르지 않다. '커다란 한 방'을 기대하는 것이다. 그러나 우리가 몸에서 출력할 수 있는 에너지에는 당연히 한계가 있다. 단기간에 에너지를 과도하게 뽑아내면 결국 번아웃이 오고, 에너지 총량이 바닥을 드러내면 무기력과 우울이 찾아온다.

그렇다면 삼십 대와 사십 대를 지나 중장년이 되었으면서도 여전히 새로운 도전을 하는 사람들에게는 어떤 비밀이 있는 걸까? 체력이 필요한 연기를 계속하기 위해 65살부터 운동을 시작했다는 배우 윤여정, 마흔에 시작한 영어 공부로 구글 본사 디렉터가 된 정김경숙, 70대에 90만 구독자를 보유한 유튜버가 된 패션 디자이너 밀라논나… 꾸준히 한 분야를 파서 기어코 성공에 가닿은 사람들은 수없이 많다.

나는 이런 장기적인 작심(?)의 근본에는 건강한 몸과 마음에 더해 조급해하지 않으려는 노력이 있다고 생각한다. 매사에 여유로운 것도 좋지 않지만 사사건건 걱정하며 다급히 무언가를 해내야 한다는 마음을 갖는 건 더욱 좋지 않다. 저들이라고 운동을, 영어 공부를, 유튜브를 취미처럼 해오진 않았을 것이다. 그러나 크게 동요하지 않고 꾸준할 수 있던 건 마음 깊은 곳에 깔려있는 나에 대한 믿음 때문 아니었을까.

그런 의미에서 가끔은 내일의 나를 믿는 것도 좋겠다. 그래야 영영 포기하는 대신 쉬엄쉬엄 작심한 바를 해나갈 수 있을 테니 말이다.

가끔은 내일의 나를 믿는 것도 좋겠다.
그래야 영영 포기하는 대신
쉬엄쉬엄 작심한 바를 해나갈 수 있을 것이다.

꿀잠 처방전

이렇게 매력적인 도전이라니!

□ 다른 나라의 언어를 배워보자

언어를 배운다는 건 새로운 문화와 가치관까지 배운다는 의미다. 새로 익힌 언어로 좁았던 내 세상을 한층 더 넓혀보자.

□ 다룰 줄 아는 악기를 만들자

피아노, 바이올린처럼 익숙한 악기도 좋지만 오카리나, 피리, 젬베처럼 특이한 악기를 하나쯤 새로 배워보는 건 어떨까? 내 안의 흥을 깨우고 인생을 음악처럼 즐겨보자.

□ 나만의 레시피로 요리해 보자

방법은 중요하지 않다. 취향대로 나만의 요리를 만들어보면 분명 뿌듯할 거다. 사랑하는 사람과 내가 만든 요리를 나누는 순간을 즐겨보자.

Q

'투머치'한 열정은 나를 망치고

과거의 나는 목표가 생기면 무식해지는 사람이었다. 늘 열정이 과해 원하는 무언가에 엄청난 시간을 쏟으면서도 나를 돌보는 것은 사치라고 생각했다. 그런 나의 무식함이 통한 건 정확히 이십 대까지였다. 과하게 공부했고, 몰입했고, 일했지만 그때까지는 다행히도 그 모든 시간이 뿌듯한 결과나 보람, 성취감 같은 것으로 돌아오곤 했다. 그래서 나는 더더욱 야근이나 재택근무를 마다하지 않으며 일에 몰입했다. 스트레스를 운동이나 여행으로 건강하게 풀기보다는 방구석에 앉아 반복되는 영상물을 밤새 들여다보거나 갑작스럽게 폭식하며 풀었다.

서른 살, 막 삼십 대에 들어선 내가 스타트업 회사로 이직하면서 나의 '투머치'한 열정은 문제가 되기 시작했다. 생전 처음 해보는 새로운 일들을 한꺼번에 맡게 된 나는 이십 대 때처럼 또다시 엄청난 에너지를 일에 쏟기 시작했다. 일에서 큰 성과를 얻고 싶었고, 조직에서 유능하다고 인정받고 싶었다. 지금 생각해 보면 그때의 나는 열정만 넘치는 애송이였다. 순간적 센스와 아이디어는 번뜩였지만 장기적 안목과 전략, 지식은 한없이 부족했다. 그 부족함을 효과적으로 메꿀 방법 또한 그때는 알지 못했다. 나는 결국 1년 만에 모든 것을 불태웠던 회사를 관두게 되었다.

퇴사의 이유를 묻는 사람들에게는 새로운 세계에

도전해 보고 싶다고 말했다. 그러나 이면에는 계속된 (자발적) 야근과 나지 않는 성과, 내 역할을 충분히 해내지 못했다는 자괴감이 숨어 있었다. 그때의 나는 스스로에게 시도 때도 없이 채찍을 휘두르는 사람이었다. 나를 보듬어 침착하게 상황을 파악하고 개선하는 일에는 영 재능이 없었다.

나를 향한 채찍질과 불타오르는 열정이 필요한 순간은 물론 있다. 그러나 평생 채찍과 열정만을 휘두르며 살아갈 수는 없는 법이다. 의지야 어떻든 일단 체력부터 그 의지를 받쳐주지 못하게 된다. 어쩌면 채찍질과 과도한 열정이 나의 지구력을 앗아가고 있을지도 모른다는 생각이 스멀스멀 들기 시작했다. 결정적으로 나는 어떤 일을 하든 여유가 없었다. 주변 사람들은 이런 나를 점점 견디기 힘들어했다.

그렇다면 내가 항상 나에게 버거운 목표만을 바라봤던 걸까? 전혀 아니다. 스탠퍼드대학교의 뇌과학자

앤드루 휴버먼(Andrew D. Huberman) 교수는 오히려 이루기 어려운 큰 목표를 설정해야 한다고 주장했던 사람 중 하나다. 너무 쉬워서 달성 여부가 불 보듯 뻔한 목표를 세우면, 뇌의 편도체라는 곳에서 충분히 변화할 수 있는 각성 상태가 만들어지지 않는다고 한다. 뇌가 각성해야 불편함을 느낀 우리가 뇌에 새로운 화학작용을 만들어 내는데, 그 상태로 일정한 시간이 흐르면 그 불편함에 익숙해지면서 나의 한계를 넘어서게 된다는 것이다. **약간의 두려움은 뇌의 능력치를 최대로 이끌어낸다.**

그렇다면 내게 부족했던 건 뭐였을까? 생각해 보면 나는 늘 한 가지 목표에 집중하지 못했다. 애초에 한 가지 목표만을 구체적으로 설정하는 방법 자체를 몰랐다. 조직에서 일하다 보면 많은 사람으로부터 이런저런 요청들이 쏟아지곤 한다. 나는 사람들에게 인정받아야 동기가 부여되는 사람이었기 때문에 많은 사람의 요구와 기대에 부응하려고 일의 우선순위를 전혀 고려하지 않았다.

한마디로 나는 매번 일에 허덕이고 있었다. 어느 순간부터는 하는 일의 목적이나 목표가 아예 지워진 채로 그때그때 일을 쳐내기에 여념이 없었다. 그러다 보니 아무리 나를 향해 채찍질을 하고 얼마 남지 않은 열정의 연료를 끌어 써봐도 계속해서 원래의 목표와는 거리가 멀어졌다. 다른 사람들에게 인정받기도 어려워졌다.

스타트업 회사에 다니던 때의 일이다. 핸드메이드 쇼핑몰 앱 론칭을 앞둔 나는 쇼핑몰에 입점해 줄 작가들을 모으는 중이었다. 앱을 성공적으로 론칭하기 위해 이리 뛰고 저리 뛰는 동시에, 운영 중이던 웹진에서 작가들을 인터뷰해 상품과 서비스를 기사로 소개하고 홍보하는 일까지 맡고 있었다. 내 몸은 여러 개가 아닌데 과중한 업무를 모두 잘하려다 보니 상황이 삐걱대기 시작했다.

어찌 보면 성공적인 앱 론칭을 위해 더 중요하다고 할 수 있는 사전 작업은 어느새 내게 2순위가 되어 있었고, 중간 관리자로서의 역할 또한 충분히 해내지 못했다. 그렇다고 입점 작가들을 많이 모은 것도 아니었으니 두 마리 토끼는커녕 한 마리도 잡지 못한 셈이었다. 당연했다. 아무리 스타트업이라지만 한 사람이 모두 말아 하기에는 일의 절대적인 양이 너무 많았다. 나는 소처럼 열심히 일했지만 일은 무엇 하나 제대로 굴러가지 않았다. 그러니 남는 건 나를 향한 매서운 채찍질이었다. 밑 빠진 독을 바꿀 생각은 안 하면서 열심히 물을 나르며 스스로를 다그친 꼴이었다.

채찍질은 가축에게나 하던 것이 아닌가. 세상이 나에게 채찍질을 할 수는 있어도 내가 나에게 그래서는 안 되었다. 나는 채찍질을 멈추고 일하는 나를 위한 5계명을 적어보았다.

1. 일을 시작하기 전에는 우선순위부터 정한다.
2. 지금 하려는 일이 꼭 필요한 일인지 고민하는 시간을 갖는다.

3. 이 일이 내가 할 수 있는 일인지 판단한다.
4. 열심히 최선을 다하는 것 외에 다른 방법은 없는지 생각해 본다.
5. 도움을 요청할 사람이 있는지 찾아본다.

물론 이런 것들을 정했다고 해서 그 이후의 삶이 탄탄대로였던 건 아니다. 그러나 무작정 '노오력' 하며 나를 다그쳤던 시절보다는 많이 건강해졌다고 느낀다. 나는 내가 가진 것들을 빠른 시간 동안 소진하고 싶지 않다. 그저 오래 발산하며 한 걸음 한 걸음 앞으로 나아가는 사람이 되고 싶다.

꿀잠 처방전

열심히 살았지만, 여전히 불행하다면

"지금의 어려움을 극복하고 성장하거나 성취한다고 해서
무조건 행복이 보상으로 주어지는 건 아닌 것 같아요.
행복의 기준은 모두가 다르겠지만,
저는 그게 '만족감'에서 온다고 생각해요.

근데 만족하는 마음 자체는
오늘 당장도 가질 수 있는 거거든요.

'오늘은 이 정도면 충분해.'
이렇게 생각할 수 있어야 해요.

그러니 오늘은 푹 쉬세요.
푹 자고 일어나서 또 시작해 보세요."

_ 어느 고민 상담 중에서

Q

유전자의 힘을 믿고 앞으로 전진하기

작년, 나에게 가장 도전적인 일은 수영을 배운 것이었다. 어렸을 적 물에 빠졌던 기억 때문에 수영을 배우고 싶은 마음과 동시에 물에 들어가면 두려운 마음이 공존해서 오랫동안 '배워야지' 머릿속으로만 생각해 온 일이었는데, 드디어 첫발을 뗀 것이다.

뭐든 그렇겠지만 수영을 배우는 과정은 한계를 극복

하고 목표를 이루는 과정과 묘하게 닮았다. 참고로 수영 자체가 나에겐 두려움이 동반되는 큰 목표였다. 수영을 배우는 데는 몇 가지 단계가 있다.

1단계, 내 몸을 물에 띄우기

처음에는 당연히 물에 뜨는 것부터 시작한다. 분명 부력에 대해 머리로는 알고 있었지만 나는 내 무거운 몸뚱어리가 물에 둥둥 뜰 수 있다는 사실을 진심으로 믿지 못했다. 그리고 그 불신 덕분에 물에 대한 나의 두려움은 배가 되었다.

이때 나에게 필요했던 건 '킥판'이라 불리는 수영 도구였다. 킥판은 플라스틱으로 된 네모난 판인데 그걸 붙잡고 있으면 쉽게 몸이 떠올랐다. 킥판에 의지해 바닥에서 발을 떼고 수면 위에서 발차기 연습을 했다. 처음에는 아무리 킥판을 붙잡고 있어도 금방이라도 물에 빠질 것 같아서 바닥에서 발을 떼기까지 매번 큰 결심이 필요했다. 그러나 시간이 흐를수록 나는 부력을 온몸으로 느끼며 조금씩 자연스럽게 물에 뜨는 법을 익히고 있었다. 그리고 드디어 킥판보다 훨씬 작은 내 손바닥에만 의지해 수영다운 수영을 할 수 있게 되었다.

재밌게도, 킥판에만 의지해야 했을 때는 발이 바닥에 닿을 정도로 깊지 않은 수영장이 심해처럼 깊고 어둡게 느껴졌는데, 점점 물에 익숙해지니 나중에는 무려 2미터 깊이의 수영장에 들어가도 바닥이 가깝게 느껴졌다. 들인 시간만으로 사람의 마음이 이렇게나 달라질 수 있다니, 참 놀라운 경험이었다.

2단계, 물에서 숨쉬기

다음 단계에서는 호흡하면서 수영하는 법을 배웠다. 이때 내가 수영을 왜 그간 무서워했는지가 또렷하게 드러났다. 나는 물도 마시고, 숨도 차가면서 물속에서의 호흡을 배우기에는 질식에 대한 공포가 너무 컸다. 더불어 부족한 내 수영 실력에 대한 불신도 너무 컸다. 도저히 진도를 나갈 수 없어 우선 고개를 물속에 넣지 않아도 가능한 평형부터 시작했다. 사실 자유형보다 평형이 더 어려운 영법이었지만 영 진도가 나가지 않으니 어쩔 수 없었다.

3단계, 그저 꾸준히 반복하기

새로운 것을 배우고 새로운 습관을 만들면 뇌 속에 새로운 신경 회로가 만들어진다고 한다. 내 뇌 속에도 그런 과정들을 통해 '수영'이라는 하나의 신경회로가 만들어지기 시작했다. 지금 이 글을 쓰고 있는 순간에도 내 뇌 속에 생성된 수영 신경 회로가 끊임없이 능력치를 끌어올리고 있을 것이다. 꾸준함만큼 중요한 건 없다. 처음에는 어렵고 힘들던 일도 지속하면 익숙해져, 어느새 당신의 새로운 신경 회로도 완벽한 모양을 갖추고 안정화될 것이다.

그렇게 나의 수영 신경 회로도 안정화되어 갔다. 수영에 대한 자신감도 적당히 붙었고, 적어도 물에 빠졌을 때 그저 허우적대다가 빠져 죽지는 않겠다는 확신이 생겼을 때쯤 드디어 자유형을 배우기 시작했다. 꾸준한 시간을 투자한 덕분에 질식에 대한 공포를 마주할 용기와 의지가 생긴 상태였다. 어제 못 했던 무언가를 오늘 해낼 때의 성취감을 알게 된 것도 한몫했다. 그런 기분을 계속 느끼고 싶었다. 나는 그렇게 두 달간 피나는 연습을 했고 이젠 자유형도 말 그대로 '자유롭게' 구사할 정도의 실력을 갖추었다.

그동안 나에게는 오해가 있었던 것 같다. 목표를 향해 가는 과정이 그저 지난하고 고통스러울 것이라는 오해 말이다. 그래서 해내야만 하는 무언가를 생각하며 잠 못 드는 밤이 이어졌는지도 모르겠다. 물론 아예 틀린 이야기는 아니다. 과정은 쓰다. 그러나 목표를 손에 쥔 순간부터 우리는 매일 장애물과 맞서고 이겨낼 능력과 지구력을 함께 얻게 된다.

다만 목표를 설정할 때 주의해야 할 부분이 있다. 첫째, 하나의 목표만을 정할 것. 새해가 되었다고 이런저런 목표를 마구잡이로 정한다면 모든 목표가 작심삼일로 끝나버릴 게 뻔하다. 나중에는 내가 어떤 목표를 세웠었는지조차 희미해질 것이다.

둘째, 해내고 싶은 일을 목표로 삼을 것. 하고 싶은 일만 하고 살 수는 없지만 하기 싫은 일만 목표로 삼는다고 해서 모두 이뤄지지도 않는다. 내가 정말 해내고 싶은 일이어야만 목표는 진정으로 반짝인다.

그렇다면 한 가지 목표를 정한 다음에는 무엇을 해야 할까? 앤드루 휴버먼 교수는 설정한 목표를 동사형 문장으로 바꾸라고 조언한다. 예를 들면 '다이어트를 하겠다'라는 목표를 세운다면 그 목표를 달성하기 위해 필요한 세부 행동을 생각해 보라는 것이다. 간헐적 단식을 실천하거나, 주기적으로 운동을 하거나, 어떤 운동을 어떤 루틴으로 하겠다는 구체적인 계획이 있어야 한다는 뜻이다.

'동사화'란 다르게 말하면 '실행'이다. 내가 막 수영을 배우기 시작했을 무렵, 나는 마침 여행을 계획 중이었다. 수영을 완벽히 배우겠다는 목표를 달성하기 위해 대부분 수영장이 있는 숙소로 예약하여 아침저녁으로 수영을 할 수 있었다. 여행에서 돌아온 후에도 흐름이 끊기지 않도록 꾸준히 수영장에 등록해 강습을 듣고 연습을 이어갔다.

하고 싶은 일을 목표로 삼고 구체적인 계획을 세운다는 게 막연히 두려울 수도 있다. 중간에 그만두거나 실패했을 때 자신을 향할 실망감 때문에 두려울 것이다. 그러나 사실 그런 두려움은 큰 문제가 아니다. 우리 뇌는 두려움을 느낄 때 더 열심히 작동한다고 하지 않는가. 중간에 동력을 잃었을 때는 그저 계획을 수정하고 도움을 줄 좋은 스승이나 동료를 찾으면 되는 일이다. 어렵게 생각할 필요 없다.

당신을 과소평가하지 않았으면 좋겠다. 우리의 뇌는 우리가 생각하는 것보다 훨씬 경이로운 구조로 설

계되어 있다. 나 자신을 믿지 못하겠다면 당신의 뇌와 유전자의 힘이라도 믿을 수 있기를 바란다. 이런저런 성장통 속에서 이렇게 살아남은 나를 보며 늘 하는 생각이다. 두려워할 것은 전혀 없다. 별거 아니다!

나 자신을 믿지 못하겠다면
당신의 뇌와 유전자의 힘이라도
믿을 수 있기를 바란다.

Q

실패가 저력이 되려면

실패는 성공의 어머니라고들 말한다. 나는 그 말에 전적으로 공감한다. 제대로 된 실패만큼 내가 가야 할 길을 선명하게 보여주는 게 또 있을까? 나는 인생이 무엇인지 또렷하게 인식시켜 주는 가장 훌륭한 스승이 바로 실패라고 생각한다.

물론 경험치 쌓자고 실패를 경험하고 싶은 사람

은 몇 없을 것이다. 실패는 자존감을 깎아 먹고 남들과 나를 끊임없이 비교하게끔 만든다. 그런데 내가 말하고 싶은 불편한 진실은 따로 있다. 바로 지금 말한 이 실패란, 결국 아무것도 시도하지 않아서 경험했을 확률이 높다는 것이다.

나 역시 실패할까 봐 무언가를 시도하기까지 오랜 시간이 걸리곤 했다. 그런 여러 가지 실패담 중 하나를 꺼내보려 한다. 나는 한때 페이스북에 글을 자주 쓰곤 했는데, 어느 순간부터 내게 글을 곧잘 쓴다는 이야기를 해주는 사람이 많아지기 시작했다. 책을 한번 써보라는 이야기도 들려왔다. 어쩌면 내가 작가가 될 수도 있지 않을까 하는 자신감도 마음 한 곳에 싹트기 시작했다.

그러던 중 친한 언니가 퇴사 후에 책을 쓸 거라면서 엄청난 양의 원고를 내게 보여주었다. 언니는 내가 글을 잘 쓰니 자신의 글을 꾸밈없이 평가해 달라고 부탁했다. 솔직히 당시 언니의 글은 당장 책으로 출간하기에는 조금 무리가 있어 보였다. 마치 언니의 일기장을 훔쳐본 느낌이었다. '이 글을 책이 될 원고라고 볼 수 있을까?' 하는 생각을 지울 수 없었던 나는 언니에게 솔직한 피드백을 전달했다. 그 후 언니는 계획대로 퇴사했고, 여행을 시작했다. 나도 언론사를 관두고 직장을 옮겼다.

그렇게 일기장 같던 원고의 기억이 흐려지던 어느 날 언니의 첫 책 출간 소식이 들려왔다. 퇴사 후 아버지와 떠난 여행 이야기를 담은 책이었다. 처음 그 소식을 들었을 때는 '언니가 정말 책을 냈구나! 나도 사 봐야겠다!' 하는 기쁜 마음이 컸지만, 간사하고 치사하게도 '나한테 원고 피드백을 받던 언니가 어떻게 나보다 먼저 책을 내고 강연도 하지?' 하는 못난 생각도 들었다.

내 마음이야 어떻든 간에 언니와 나의 차이는 확실했다. 나는 시도하지 않았고, 언니는 시도했다. 언니는 실패하기를 주저하지 않았다. 따져보자면 내가 책을 못 낼 이유도 없었다. 나는 대학교에서 문예창작과 수업을 들었고, 언론사에서 글 다루는 일도 했다. SNS나 블로그를 통해 개인적이나마 항상 글을 써왔다. 그러나 책을 내는 건 두려웠다. 나는 내가 책을 낼 수 있는 사람인지 끊임없이 의심했다. 그래서 그 흔한 투고조차 해보지 않았던 거다. 출판사에 투고는커녕 언니처럼 내 글을 누군가에게 보여주고 적극적으로 평가받는 기회조차 만든 적이 없었다.

그렇게 하고 싶은 일의 주변을 빙빙 맴돌기만 하면서 '이거면 됐지!'라며 도전을 회피해 왔다. 그것 또한 다른 의미의 실패인 줄도 모르고 말이다. 처음 이 사실을 깨달았을 때는 적잖이 충격이었다. 아무것도 시도하지 않았던 지난날의 실패들이 내 마음속 어딘가에 차곡차곡 쌓여가고 있을 줄은 꿈에도 몰랐었다.

이런 실패들이 치명적인 이유는 아무런 교훈도 남긴 것이 없기 때문이다. 내게는 아무것도 해내지 못했다는 패배감만이 짙게 남았을 뿐이다. 더 최악인 건 내가

지금 당신이 지독한 슬럼프를 겪고 있다면
그것이 인생을 제대로 살고 있다는
증거라고 봐도 좋겠다.

계속 허망한 실패를 쌓아가고 있다는 사실조차도 알기 어렵다는 점이다. 마치 조용한 암살자 같은 실패들이다.

실패를 진정한 저력으로 삼으려면 어떻게 해야 할까? 실패가 하나의 사건이 되게끔 하기보다는 먼저 실패를 하나의 과정으로 받아들여야 한다. 실패를 긍정적으로 받아들이기 위한 단어가 두 개 있다. 바로 '시행착오'와 '과도기'이다. 실패는 우리를 나락으로 빠뜨리는 엄청난 사건이 아니라 그저 하나의 과정일 뿐이다. 그래서 우리가 실패를 '겪는다'라고 표현하는 것이다.

실패와 비슷한 또 다른 경험치로 슬럼프가 있다. 슬럼프야말로 의미 있는 실패다. 그래도 무언가 시도해 보고 도전하는 사람들이 겪는 것이니 그렇다. 지금 당신이 지독한 슬럼프를 겪고 있다면 인생을 제대로 살고 있다는 증거라고 봐도 좋다. 물론 아무리 그렇다고 해도 슬럼프를 오래 겪어서 좋을 건 없다. 슬럼프도 오래 지속되면 습관이 된다. 뭘 해도 '난 안 될 거야…' 하고 지레 겁

먹는 것이다.

지독한 슬럼프를 겪고 있는 사람들에게 나는 종종 「유 퀴즈 온 더 블럭」에 출연한 전 골프선수 박세리의 인터뷰를 추천하곤 한다. 데뷔하자마자 성공 가도를 달리던 박세리는 2004년 한국인 최초로 미국여자프로골프(LPGA) 명예의 전당 입회자격을 획득한 이후 큰 슬럼프에 빠졌다고 했다. 그렇게 잘 맞던 드라이버샷이 이유 없이 좌우로 흔들리고 평소 잘 하던 동작을 잘 못 하게 되는 '입스'에 빠지게 된 것이다.

박세리는 슬럼프에서 빠져나가기 위해 자는 시간, 먹는 시간까지 줄여가며 끊임없이 훈련에 매진했다고 했다. 그런데도 입스는 나아지기는커녕 나중에는 고된 훈련으로 손가락 부상까지 당하며 클럽 자체를 못 잡는 상태가 되었다. 노력으로 그 자리까지 올라간 사람이 더 이상 노력으로 슬럼프를 극복할 수 없게 되었으니, 박세리가 느꼈을 좌절감은 이루 말할 수 없이 컸을 것이다.

그때 박세리는 영영 좌절하는 대신 새로운 질문을 스스로에게 던졌다고 한다.

"그동안 내가 어떻게 선수 생활을 해왔지?"

그제야 경주마처럼 앞만 보고 달려온 자신이 보였다고 했다. 좋은 결과에도 스스로에게 칭찬 한 번 한 적이 없고, 오히려 더 잘해야 한다며 채찍질만 해왔던 것이다. 무언가 깨달은 그녀는 이번엔 매일매일 전과는 다른 생각을 하려고 노력했다. 못한 점만 집요하게 파고들었던 과거에서 벗어나, 더 나은 점에 주목하고 '내일은 분명히 더 나아질 거야' 하고 생각하기 시작한 것이다. 이런 태도의 변화는 금세 결과로 증명되었다. 2006년에 그녀는 다시 우승컵을 거머쥐었다. 놀라울 만큼 빠른 회복이었다.

서울대학교를 나올 만큼 수재였던 사촌 동생의 고등학교 시절 수학 공부법도 다르지 않았다. 동생은 문제가 막힐 때마다 정해진 순서처럼 중학교 교재를 다시 펼쳤다고 한다. 그때도 그 녀석은 전교 1등을 놓쳐본 적이 없었고, 늘 공부 잘한다는 소리를 귀에 딱지가 앉을 때까지 들었다. 그럼에도 불구하고 모르는 문제 앞에서 자책하거나 스스로를 채찍질하지 않았던 거다. 모르겠으면 그냥 처음으로 돌아가면 될 일이다. 몸에 힘을 빼고 긍정적인 마음으로 다시 해보면 된다.

그렇게 실패도 슬럼프도 나는 그냥 한번 '겪어내보기'로 마음먹었다.

Q

어른처럼 느껴지는 사람들의 공통점

나는 어릴 때부터 늘 독립된 존재가 되기를 꿈꿨다. 독립이라는 건 대체 어떻게 이루어지는 걸까? 부모님 집에서 나와 따로 살면 독립인 걸까? 용돈을 받지 않고 스스로 돈을 벌게 되면 독립인 걸까? 부모님과 고등학교 때부터 떨어져 살았고, 돈은 대학교 때부터 꾸준히 벌었던 나지만 '나 이제 정말 독립했구나!' 하는 생각은 삼십 대에 접어들면서 들었던 것 같다. '내가 원하는 것이 무엇인지 알고, 그것을 지표로 삼아 나아가며, 결과에 대한 책임을 질 수 있을 때' 비로소 내가 독립적인 무언가가 되었다고 느꼈던 것 같다.

물론 이런 고무적인 느낌을 받기까지의 과정이 마냥 순탄하지는 않았다. 이십 대 초반의 나는 결정적으로 내가 원하는 것이 뭔지를 몰랐다. 부모님의 권유로 처음 노량진에서 원치 않는 공무원 시험 준비를 시작하고 얼마 지나지 않아, 나는 생각보다 일찍 내가 공무원이 될 수 없겠다는 사실을 깨달았다. 그러나 끝내 부모님께 공무원이 되고 싶지 않다는 말을 하지 못해 무려 1년이라는 시간을 꾸역꾸역 노량진의 좁고 어두운 자취방에서 보냈다. 그 시절은 내 인생에서 몇 없는 인간관계도, 멘탈도 남아나지 않았던 시간이라 기억된다. 나는 내가 원하는 것을 알려고도 하지 않았고, 알면서도 외면했던 아주 비겁한 사람이었다.

그러나 그때 내가 독립적인 존재가 될 수 없었던 더

주요한 원인은 내가 선택에 책임질 줄 모르는 어른이었다는 데 있었다. 비록 먼저 원하지 않았던 공부였지만 선택은 온전히 나의 몫이었다. 나는 당시 성인이었다. 남에게 등 떠밀려서 했던 선택이라도 결국은 내 선택이었다. 모든 선택이 그러하듯 나는 책임으로부터 도망칠 수 없다. 날 떠민 사람이라고 해서 내 선택을 책임져 주지는 않는다. 그러니 반드시 내가 기꺼이 책임질 수 있는 선택을 해야만 하는 것이다. 머리로는 알고 말도 쉽지만, 무언가를 책임진다는 것이 마냥 쉬운 일은 아니다. 그렇다면 '책임질 줄 아는 사람들'은 대체 나와 뭐가 달랐을까?

1. 기한을 잘 지킨다

어른다운 어른의 기본은 마감일을 사수하는 것이다. 기한을 잘 지키려면 당연히 일과와 루틴이 있어야 한다. 계획을 달성해 나가면 나갈수록 자신감은 자연스럽게 쌓일 것이고, 그 자신감이 바로 용감한 배짱을 만들어줄 것이다. 여기서 한 번 더 강조하고 싶은 부분이 있다. 바로 끈질기고 집요해야 한다는 거다. 일을 해나가는 과정에서 기한이 미뤄지면 재빨리 새로운 기한을 정하고 계획도 수정해야 한다. 한 번에 이뤄지는 것은 없다. 하나의 결승선은 계획의 숱한 수정으로 이뤄진다. 그러니 끝날 때까지 집요함을 잃지 말아야 한다. 나에게 지나치게 가혹해서도 안 되지만 냉정함을 잃어도 위험하다. 특히 오늘도 기한을 지키지 못한 나 자신을 합리화하는 일은 절대 해서는 안 된다.

그 과정에서 끊임없이 나를 격려하고, 의식적으로 할 수 있다고 되뇌는 것도 중요하다. 나에게 냉정하되 비관적이어서는 안 된다. "그게 되겠어?"라고 말하고 싶은 순간이 수없이 찾아오겠지만 그런 말을 함부로 입 밖에 내지는 말자. 내가 나를 응원할 줄 안다는 건 굉장한 능력이다. 어찌 보면 자학도 습관이다. 끈질기게 목표를 향해 나아가야 하는 것처럼, 나에게 화풀이하고 싶은 욕구와도 끈질기게 싸워야 한다. 이왕이면 지금 말해주자. "잘하자, 너는 할 수 있어!"

2. 침묵의 힘을 안다

'침묵은 금이다'라는 말이 있다. 나 역시 침묵의 힘을 잘 알고 있지만 침묵하기가 가장 어렵다. 앞에서도 몇 번이나 말했지만 내가 인정욕구가 강한 사람이라 더 그렇다. 과거의 나는 항상 무언가를 말하고 싶은 사람이었다. 언제나 내 주장, 내 이야기를 하고 싶었다. 관계가 아슬아슬한 살얼음판을 지날 때면 내가 이 관계를 지키기 위해 얼마나 애쓰고 있는지를, 누군가 내 조언을 듣지 않아 문제에 봉착했다면 내 말이 얼마나 타당한 것이었는지를, 때로는 내가 얼마나 잘났는지를, 때로는 내가 얼마나 힘들었는지를 말하고 싶어 입이 근질거렸다.

인정받고 싶은 욕구 자체는 물론 자연스러운 것이다. 하지만 과해지면 나의 인정욕구 앞에서 누군가는 반드시 나쁜 사람이나 틀린 사람, 쓸모없는 사람이 되어야만 했다. 내 노력을 인정받으려면 그 사람이 노력하지 않는 나쁜 사람이어야 했고, 내 판단이 옳기 위해서 그 사람은 판단력이 형편없는 사람이어야 했던 거다.

그러나 나만 옳고 나만 힘든 세상이 어디 있겠는가. 내가 나만의 이야기를 주절주절 늘어놓는 동안 사람들은 나를 점점 더 멀리하게 될 것이다. 때와 장소를 가리지 않고 생각나는 모든 이야기를 입 밖에 내는 사람은 절대 어른스러워 보일 수 없다.

3. 위험을 감수할 줄 안다

내가 어른이라 생각하는 이들은 "내가 다 맞아!" 하고 떼쓰는 대신 자신만의 확신으로 나아가는 사람들이었다. 나는 그것을 한마디로 정의하자면 '위험을 감수할 줄 아는 대담함'이라고 생각한다. 돌이켜 보면 회사에서도, 가정에서도 가장 욕 많이 먹는 사람들은 '결정하는 사람'이다. 크든 작든 무언가를 결정할 권한이 있는 사람에겐 늘 '책임'이라는 무거운 짐이 따른다. 그런 의미에서 과감하게 선택하는 용기는 어찌 보면 미움받을 용기나 마찬가지다.

남에게 1만큼도 영향을 미치지 못하는 개인적인

결단이라면 상관없지 않느냐고 되묻는 사람도 있을 것이다. 그러나 나만의 결정이라 해서 마음 편했던 적이 있었는지 되돌아보자. 미래를 알 수 없는 상황에서는 혹여나 넘어진다 해도 다시 일어날 용기가 있는 사람들만이 확신으로 나아간다. 넘어지지 않을 자신이 있는 사람도 마찬가지다. 아이들이 걸음마 배울 때를 생각해 보자. 수십, 수백 번 넘어져야 비로소 비틀거리지 않고 걷게 된다. 어떤 위험도 감수하고 싶지 않다면 지금보다 나은 무언가는 기대할 수 없다.

날 때부터 독립적인 사람은 없다. 어린 시절을 돌아보면 내 의지로 선택해 본 경험이 거의 없을 것이다. 그러니 당연하게도 내 선택에 책임지는 법을 우리는 제때 배우지 못했다. 선택하고 책임져 본 경험이 부족하니 자신감도 부족하게 되어 당연히 누군가에게 의존하게 되었을 거다. 야속하게도 독립심은 하루아침에 생겨나지 않으니, 우리는 그저 끊임없이 선택하고 선택한 바를 책임지며 연습을 이어가는 수밖에 없다. 작은 것부터 하나씩 이루어나가다 보면 큰 책임도 기꺼이 질 수 있는 역량과 용기가 생길 것이다. '하늘은 스스로 돕는 자를 구한다'라는 말은 곧 '하늘은 선택하고 책임지려는 자를 구한다'는 말이 아닐까.

과감하게 선택하는 용기는

어찌 보면 미움받을 용기다.

눈물은 많지만
씩씩한 사람입니다

슬럼프는 누구에게나 찾아온다.

그리고 그때 사람은 두 부류로 나뉜다. 오래 우는 사람과 오래 울지 않는 사람. 나도 한때 '눈물이 많다'라는 말로는 부족할 정도로 눈물을 달고 살았다. 한창 공황 증세를 종종 겪으며 힘들어하던 시절이었다. 경제적으로 위기가 찾아왔었고, 주변에는 온갖 나쁜 일들이 겹쳐 일어났다. 인간관계도 삐걱거리기 시작했다. 마음속에서는 그들을 향한 이유 없는 앙심이 자라나고 있었다. 예고 없이 공황이 찾아오면 온몸에 힘이 빠지고 무기력해져서 결국 아무런 일도 할 수 없는 악순환에 빠졌다.

'이런 내가 누군가에게 조언을 건네는 콘텐츠를 만들 자격이 있나?'

나를 괴롭히는 질문이 반복되었고 이런 자기 불신은 수치심으로 돌아왔다. 그러면서 점점 눈물을 참기 어려워졌다. 눈물은 시시때때로 시간과 장소를 가리지 않고 흘러나왔다. 글을 쓰다가도 울고 영상 촬영을 하다가도 울고 설거지를 하다가도 울었다. 울다가도 전화가 오거나 방문 너머로 누군가가 말을 걸어오면 아무렇지 않은 척을 했다. 이런 내가 가증스러워서 더 악다구니를 쓰고 울었다. 어느 시인의 책 제목처럼 '운다고 달라지는 일은 아무것도 없었지만' 그때는 우는 것밖에 할 수 있는 일이 없다고 느껴졌다.

아기처럼 울어서 모든 일이 해결된다면 얼마나 좋을까 싶었다. 그러나 나는 나이 서른을 넘긴 어른이었고 내 눈물이 해결할 수 있는 문제는 아무것도 없었다. 눈물로 무언가가 해결되길 바라는 마음 자체가 부끄럽고 비겁하게 느껴졌다.

울 만큼 울어본 사람이라면 알 테지만 눈물 뒤에 찾아오는 건 결국 허기다. 그 유명한 책의 제목처럼 '죽고 싶지만 떡볶이는 먹고 싶어'지는 것이다. 한참 울다가도 예능 프로그램을 보면 웃음이 나오고, 엄마가 보내준 김장 김치는 맛있고, 남자친구의 전화는 반갑기만 하다. 울다 보면 보고 싶은 얼굴들도 떠오른다. 고등학교 친구도 생각나고 재롱둥이 조카도 보고 싶다. 죽고 싶어서 우는 게 아니라 잘 살고 싶어서 운 것이라는 생각이 들었다. 그런 생각을 한 이후로는 울고 싶을 때마다 스스로에게 이렇게 말해봤다.

'그래, 너 또 잘 살고 싶구나. 근데 지금도 최악은 아니야. 너 정도만 되었으면, 하면서 사는 사람도 많아. 그러

니까 너무 오래 울지는 말자!'

우는 대신 원하는 바를 말로 설명하고 도움을 요청하자 상황은 달라지기 시작했다. 나는 혼자 울어선 도저히 문제를 제대로 해결할 수 없다는 사실을 받아들이기로 했다. 그렇다고 내 이야기를 들은 사람들이 다정하고 따뜻한 조언만을 건넨 건 결코 아니었다. 오히려 그들은 상황이 이 지경이 되도록 울고만 있던 나에게 한소리씩 했다. 처음에는 내가 비난당하는 것만 같아 기분이 상하기도 했고, 나에게 나쁜 이미지가 입혀질 것만 같아 마음이 한껏 움츠러들기도 했다. 그러나 역시 계속 울고만 있을 수는 없었다. 나를 벼랑 끝으로 모는 건 나를 비난하는 누군가가 아니라 나를 외면하는 나 자신일 테니까. 오래 울지 않는 사람이 되고 싶었다.

당시 나의 눈물 버튼이나 마찬가지였던 유튜브 대신 다른 일을 해보기도 했다. 여러 가지 아르바이트를 오가며 다양한 연령대의 사람들을 만났다. 나는 그들의 세계가 그저 신기했다. 그간 우느라 보지 못했던 세상이 눈에 들어오기 시작했다.

그 시기 경험했던 다양한 아르바이트 중 심야 택배 물류 아르바이트가 유독 기억에 남는다. 택배 물류 아르바이트는 워낙에 힘들기로 악명 높았는데 밤늦은 시간 셔틀버스에는 의외로 여자들이 꽤 있었다. 나보다 덩치가 작은 사람도 많았고, 연령대도 다양해 보여서 조금 용기가 생겼다.

힘이 세 보였는지, 나는 가장 힘들어 보이는 일을 맡았다. 컨베이어벨트에서 택배를 분류해 지역별로 나눠 쌓는 일이었다. 택배는 가벼운 것부터 20킬로그램이 훌쩍 넘는 것까지 다양했다. 물건이 정신없이 쏟아지기 시작했고 제때 분류하지 못한 택배들은 금세 산더미처럼 쌓였다. 몸이 고된 것으로 치면 정말이지 태어나서 가장 힘든 일이었지만 묘하게 이런 마음이 들었다.

'이 정도 힘든 일도 하려니까 하네?'

내가 가진 모든 게 정말 다 사라진다고 해도, 상황을 버텨낼 체력과 정신력, 성실함만은 있다는 사실에 안도했다.

물론 장시간 노동이 쉽진 않았다. 골반과 발바닥이 타는 듯이 아팠고, 다치지 않으려고 하다 보니 신경이 예민해졌다. 새벽 5시가 넘어가던 때, 구세주처럼 한 할아버지가 다가와 내 택배를 도와 옮겨주셨다. 목소리도 체형도 외할아버지와 너무나 닮으신 분이었는데 내가 일을 마칠 때까지 함께해 주셨다. 남자고 여자고 하는 일이 고되니 여유가 없어 모두 냉정한 모습이었는데 그 와중에도 주변을 돌보는 어른을 만나 감사했다. 어디에나 따뜻한 사람들은 존재한다는 사실이, 이런 세상에서 살아가야 할 나에게 뜻밖의 위로가 되어주었다.

마음이 힘들 때 여행을 떠나니 또 새로운 세상이 보였다. 발리 여행을 떠났을 때 아름다운 바다와 날씨보다 더 인상적이었던 건 전통시장이었다. 발리 옆 '롬복'이라는 섬에서 오토바이를 타고 지나던 때였다. 깨진 포장도로에서 사람들이 말을 타고 있었고, 작은 집들에는 염소 같은 가축들이 기둥에 묶여 있었다. 가축 옆에서는 돌이 갓 지난 듯한 아이가 혼자 놀고 있었다. 이슬람 문화권인 이곳에서 히잡을 휘날리며 오토바이를 타던 여성들의 모습은 강렬했다. 눈빛마저 단단하던 이곳의 십 대들 중 많은 아이가 일을 하며 가족을 돌보는 듯했다.

순간 내가 그동안 알아왔던 세상이 한없이 좁게 느껴졌다. 갓난아이가 길가에서 혼자 놀아도 이상하지 않고, 오토바이 타는 것이 불량하게 느껴지지 않는 곳. 조금 빨리 어른의 눈빛을 배워도 안타깝지 않고, 새벽녘과 저녁노을이 지는 시간에는 섬 전역에 경전 음악이 울려 퍼지는 것이 당연한 곳. 우느라 보지 못했던 낯선 세상이 수없이 많을 거라고 생각하니 조금 억울하기까지 했다.

그러자 내가 상황을 바꾸기 위해 힘쓰고 있다는 사실만으로도 엄청난 안도감이 몰려왔다. 내일을 걱정하면서 울기만 할 때와는 확실히 달랐다. 내 문제를 어떻게든 마주하고 문제 해결을 위해 노력할 때, 내가 부족한 것을 인정하고 나아가려고 노력할 때, 내 주변 사람들이 날 얼마나 사랑하는지 느낄 때, 오래 울기를 그만둘 때 세상은 언제나 더 또렷해졌다.

꿀잠 처방전

슬럼프에서 벗어나는 3단계

1단계 희망 갖기

'희망'을 지나치게 의심하지 않아야 한다. 희망은 세상을 꿋꿋하게 살아갈 결심을 했다면 꼭 품어야 하는 것이기도 하다. '언젠가는 다 괜찮아질 것'이라는 희망이 있는 한 상황은 분명 달라질 것이다.

2단계 고립되지 않기

모든 관계를 끊어내고 혼자 저 깊은 곳으로 침잠하려 하지 않는 태도가 중요하다. 누구도 만나기 싫은 마음은 이해하지만, '그럼에도 불구하고' 관계를 맺으려는 노력에서 얻는 활력이 분명 있다는 것만은 확신할 수 있다.

3단계 적응하고 나아가기

이런 내 상황과 모습을 애써 부정하려 하지 말자. 이런 모습까지도 있는 그대로 받아들이고 다음을 생각하자. 나를 포기하는 것과 수용하는 건 전혀 다른 문제니까!

땡스 투

나의 밤에 함께해 준 사람들에게

책이 끝나가는 마당에 마지막으로 하나 더 고백하자면, 솔직히 나 잘난 맛에 살던 때가 있었습니다. 내 생각이 다 맞고 나는 뭐든지 해낼 수 있다고 믿었던 때도 있었죠. 물론 인생이 그리 만만할 리 없었습니다. 숱한 실패와 좌절에 그야말로 대차게 두들겨 맞고 이 책을 쓰기 시작했습니다. 어느 때보다 겸손하고 겸허한 마음으로, 심지어는 초연한 마음으로 썼습니다.

그래서인지 다시금 글을 톺아보니 '다 필요 없고

그냥 오늘 푹 자는 게 최고더라' 하는, 묘하게 인생 다 산 것 같은 사람의 냄새가 풍기기도 하는 것 같습니다. 저의 이런 바이브를 느꼈다면 제대로 보신 게 맞습니다. 이 책은 사실 그 이야기를 길게 늘여 쓴 거나 다름없습니다. 잠 못 자던 그때의 저를 만난다면 꼭 해주고 싶은 말이기도 하거든요. 그래도 그 시간을 견디고 이렇게 세상에 책까지 낼 수 있다니, 결말은 해피엔딩이네요.

이렇게 저의 해피엔딩을 만들어준, 저의 수많은 밤을 함께해 준 소중한 이들에게 짧은 땡스 투를 남겨볼까 합니다.

가장 먼저 저 때문에 잠 못 드는 수많은 밤을 보냈을 아버지, 어머니, 동생 그리고 연인에게 감사하다고, 미안하고 또 사랑한다는 말을 전하고 싶습니다. 덕분에 힘을 낼 수 있었어요! 제가 은혜를 갚을 수 있게 모두 오래도록 건강했으면 좋겠습니다.

그리고 오래된 친구들과 지인들에게도 감사합니

다. 앞으로도 잘 부탁하고. 내가 더 잘할게!

저의 오랜 유튜브 구독자 여러분에게도 항상 감사한 마음뿐입니다. 더 자주, 더 길게 이야기를 나눌 수 있도록 몸과 마음이 건강한 사람이 될게요!

이 책을 제안해 준 박혜원 편집자님, 저를 오랫동안 기다려주고 모자란 글을 다듬어준 백지윤 편집자님에게도 두 번 세 번 감사 인사를 전합니다. 두 분이 아니었다면 이 책은 세상에 나오지 못했을 거예요.

마지막으로 이 책을 여기까지 읽어준 독자들에게 진심으로 감사합니다. 멀거나 때론 가까운 발치에서 언제나 여러분의 숙면을 기원하겠습니다. 오늘은 유난히도 더 편안한 밤이 되시기를.

미내플 드림

오늘도 잘 잤으면 하는 너에게

초판 1쇄 인쇄 2024년 4월 26일
초판 1쇄 발행 2024년 5월 9일

지은이 미내플
펴낸이 김선식

부사장 김은영
콘텐츠사업본부장 박현미
책임편집 백지윤 **디자인** 황정민 **책임마케터** 오서영
콘텐츠사업4팀장 임소연 **콘텐츠사업4팀** 황정민, 박윤아, 옥다애, 백지윤
마케팅본부장 권장규 **마케팅1팀** 최혜령, 오서영, 문서희 **채널1팀** 박태준
미디어홍보본부장 정명찬 **브랜드관리팀** 안지혜, 오수미, 김은지, 이소영
뉴미디어팀 김민정, 이지은, 홍수경, 서가을, 문윤정, 이예주
크리에이티브팀 임유나, 박지수, 변승주, 김화정, 장세진,박장미, 박주현
지식교양팀 이수인, 염아라, 석찬미, 김혜원, 백지은
편집관리팀 조세현, 김호주, 백설희 **저작권팀** 한승빈, 이슬, 윤제희
재무관리팀 하미선, 윤이경, 김재경, 이보람, 임혜정
인사총무팀 강미숙, 지석배, 김혜진, 황종원
제작관리팀 이소현, 김소영, 김진경, 최완규, 이지우, 박예찬
물류관리팀 김형기, 김선민, 주정훈, 김선진, 한유현, 전태연, 양문현, 이민운
외주스태프 일러스트 아쌈

펴낸곳 다산북스 **출판등록** 2005년 12월 23일 제313-2005-00277호
주소 경기도 파주시 회동길 490 다산북스 파주사옥 3층
전화 02-702-1724 **팩스** 02-703-2219 **이메일** dasanbooks@dasanbooks.com
홈페이지 www.dasanbooks.com **블로그** blog.naver.com/dasan_books
용지 신승아이엔씨 **인쇄** 한영문화사 **코팅 및 후가공** 평창피앤지 **제본** 한영문화사

ISBN 979-11-306-5263-4(03810)